時間的奔馳

阿赫瑪托娃詩集

Анна Ахматова

БЕГ ВРЕМЕНИ

Стихотворения

安娜·阿赫瑪托娃　著　　熊宗慧　譯注

櫻桃園文化

國家圖書館出版品預行編目（CIP）資料

時間的奔馳：阿赫瑪托娃詩集 / 安娜‧阿赫瑪托
娃（Anna Akhmatova）著；熊宗慧 譯注 . -- 初版 .
-- 臺北市：櫻桃園文化 , 2022.03
256 面 ; 14.5x20.5 公分 . -- (詩讀本 ; 3)
譯自：Анна Ахматова. БЕГ ВРЕМЕНИ.
Стихотворения
ISBN 978-986-97143-6-5（平裝）

880.51   111001728

詩讀本 3
時間的奔馳：阿赫瑪托娃詩集
Анна Ахматова. БЕГ ВРЕМЕНИ. Стихотворения

作者：安娜‧阿赫瑪托娃（Anna Akhmatova）
譯者：熊宗慧
編輯：丘光
索引：許文婕
校對：廖郁臻
插圖：丘語晨
版面設計（封面及內頁）：丘光
出版者：櫻桃園文化出版有限公司
地址：116 台北市文山區試院路 154 巷 3 弄 1 號 2 樓
電子郵件：vspress.tw@gmail.com
網站：https://vspress.com.tw/
印刷：世和印製企業有限公司
總經銷：遠足文化事業股份有限公司
地址：231 新北市新店區民權路 108-2 號 9 樓
電話：02-22181417　傳真：02-86671891

出版日期：2022 年 3 月 16 日初版 1 刷（тираж 800 экз.）
定價：600 元

本書譯自阿茲布卡出版社《安娜‧阿赫瑪托娃作品小全集》中的《時間的奔馳》：
Анна Ахматова. Малое собрание сочинений. – СПБ.: Азбука, Азбука-Аттикус, 2012

本詩集的計畫構想者、譯者、導讀、注釋及注腳撰述者：

熊宗慧

Составитель книги, переводчик стихотворений А. Ахматовой,

автор предисловия, примечаний и сносок

Сюн Цзун-Хуэй (Серафима)

本計畫獲科技部經典譯注計畫補助（110-2410-H-002-167-）

This Project was supported by Classics Translation and

Annotation Project of the Ministry of Science and Technology

(R.O.C.) (Project No. 110-2410-H-002-167-).

目次

導讀
薔薇化為詞語飛翔

從喜歡寫詩到明白什麼是詩

安娜‧安德烈耶夫娜‧阿赫瑪托娃（Анна Андреевна Ахматова, 1889.6.11[23]-1966.3.5），二十世紀俄國著名女詩人，俄國經典文學代表人物之一。

阿赫瑪托娃生於敖德薩（Одесса）近郊大噴泉別墅區。父親安德烈‧戈連科（Андрей А. Горенко, 1848-1915）是一名海軍機械工程師中校，母親是英娜‧斯托戈娃（Инна Э. Стогова, 1852-1930），家中有六個孩子，安娜排行老三。一八九〇年，安娜未滿一歲，戈連科退役，全家遷移到北方，起先暫居在帕夫洛夫斯克（Павловск），一八九二年再搬到皇村（Царское Село），在那裡阿赫瑪托娃一直住到十六歲。詩人在自傳裡曾提到皇村之於她的意義：「我最初的記憶就是皇村。」父親出身自世襲貴族家庭，安娜自小就學法語和德語。皇村時期安娜就讀於瑪麗亞女子中學，在那裡她和斯列茲涅夫斯卡雅（Валерия С. Срезневская, 1888-1964）結為終身好友。一九〇三年在皇村的聖誕節假

期裡她認識了自己未來的丈夫尼古拉・古密略夫（Николай С. Гумилёв, 1886-1921）。也是在皇村，十一歲的安娜寫下了生平第一首詩〈聲音〉，但沒有保存下來。

童年時期的阿赫瑪托娃，約從一八九六年到一九〇三年間，每年夏天都會和家人在克里米亞（Крым）度過，詩人曾說她在那裡「與海親近，交了朋友」。阿赫瑪托娃的雙親於一九〇五年離婚，父親離去，母親帶著最小的幾個孩子移居到克里米亞半島西岸的港口城市葉夫帕托里亞（Евпатория）。阿赫瑪托娃回憶那時期的生活就是不斷地「思念皇村，還寫了一堆無助的詩。」在葉夫帕托里亞沒有住很久，考量學業和生活開銷，一九〇六年安娜跟著阿姨先遷居到基輔（Киев），在那裡她先完成七年級中學最後一年的學業，之後入基輔女子高等學院法律系，她一面學習法律、拉丁文，一面寫詩。一九〇七年她的詩〈他手上閃亮的戒指〉首次在詩刊《天狼星》（Сириус）第二期上獲得刊登，這是一本由古密略夫在巴黎出版的詩刊，阿赫瑪托娃當時署名為「戈安娜」（Анна Г.）。

父親對女兒寫詩一事抱持著懷疑甚至氣憤的態度（主要是受到當時「寫詩的人多是頹廢者」印象的影響），要求她「不要辱沒戈連科的姓氏」，安娜憤而回嘴：「那我也不需要你的姓氏！」安娜決定採用外曾祖母家族的姓氏——阿赫瑪特，一個帶有末代韃靼汗王血統的姓氏作為自

己的筆名。阿赫瑪托娃晚年在手記裡曾說：「在我尚未意識到要當一位俄國詩人時，我就給自己選了這個姓氏當作筆名。」以一個韃靼姓氏當作筆名在當時甚為大膽，是一個十七歲俄國少女的「放肆之舉」，但這位少女在日後用她漫長又驚奇的創作生涯換得了屬於自己的冠冕。

少女安娜再次回到皇村已經是一九一〇年夏天的事，這時她已是古密略夫的妻子。兩人於一九一〇年四月二十五日在基輔附近的教堂結婚，婚後立即前往巴黎。阿赫瑪托娃在巴黎待了一個月，與年輕藝術家莫迪里亞尼（Amedeo Modigliani, 1884-1920）結識，一年後當她再度前往巴黎，畫家為她素描了多幅肖像。

開啟阿赫瑪托娃創作生涯的關鍵一年發生在一九一〇年的冬天到一九一一年的春天：這段期間她固定來彼得堡旁聽歷史—文學專科學校的課程，寫詩，並在象徵派（символизм）的詩人維契斯拉夫・伊凡諾夫（Вячеслав И. Иванов, 1866-1949）被暱稱為「塔樓」的家中公開朗誦自己的詩歌，而〈……在那我的大理石雙重人……〉一詩也在詩刊《阿波羅》（Аполлон）上獲得刊登，此外還認識了索洛古勃（Федор К. Сологуб, 1863-1927）、曼德爾施坦（Осип Э. Мандельштам, 1891-1938）、庫茲明（Михаил А. Кузьмин, 1872-1936）等詩人；也是在這一年，阿赫瑪托娃在古密略夫的引薦下加入了「詩人車間」（Цех поэтов）詩

人小組，她在裡面擔任祕書的工作，而就在這一年之前，阿赫瑪托娃讀完了安年斯基（Иннокентий Ф. Анненский, 1855-1909）的詩集《柏木匣》（Кипарисовый ларец）的校對稿，並從中獲得了非常大的啟發，她認為正是這本《柏木匣》讓她「明白了什麼是詩」。當古密略夫於一九一一年三月從非洲回來，讀了阿赫瑪托娃的詩歌後，他首次認可了妻子的詩，他說：「妳是個詩人，必須為妳出版詩集。」

彼得堡女詩人

阿赫瑪托娃的第一本詩集《黃昏》（Вечер）於一九一二年三月問世，內容以抒情詩為主，市場反應良好，獲得的評論普遍善意。而就在《黃昏》出版前不久，「詩人車間」的內部成員另組一個反象徵主義的陣營「阿克美派」（акмеизм），當中成員包括古密略夫、戈羅捷茨基（Сергей М. Городецкий, 1884-1967）、曼德爾施坦、納爾布特（Владимир И. Нарбут, 1888-1938）和津克維奇（Михаил А. Зенкевич, 1886-1973），他們自稱為阿克美詩人。阿克美派理論的主旨在於試圖將人的注意力從象徵派抽象、縹緲、脫離現實的彼岸拉回到真實世界，關注它具體又鮮活的現象，對物質文明與人的關係亦投注相當的關懷，尤其注重對詞語真義的掌握。阿赫瑪托娃早期詩歌裡所呈現的文字與意義間的和諧性、對單純事物的喜好、對城鄉景物

和生活習性的熟稔，以及偏好描寫日常生活細節等特點，與阿克美派論述的重點不謀而合。儘管阿赫瑪托娃早期的詩歌創作嚴格說來並未完全隸屬哪個詩派，但那時阿克美詩派的文學方針與阿赫瑪托娃個人對詩歌的看法確實最為接近。

也是在這一年，阿赫瑪托娃唯一的孩子列夫（Лев Н. Гумилёв, 1912-1992）於十月一日誕生。

阿赫瑪托娃初期在詩壇的際遇順利：一九一二年至一九一四年之間她成為彼得堡藝文活動競相邀約的對象；各種期刊和詩選集裡都會刊登和選錄她的作品；藝術家競相替她繪製肖像和雕塑；許多詩人紛紛向她獻詩。

詩集《黃昏》出版後兩年，阿赫瑪托娃的第二本詩集《念珠》（Четки）於一九一四年三月出版，評論界的反應相當熱烈，正是《念珠》讓詩人成名，而這本詩集在讀者當中獲得了巨大的成功，甚至有評論者認為，正是「讀者強勢地讓評論者承認了阿赫瑪托娃」。《念珠》的基調仍是以抒情詩為主，然而在阿赫瑪托娃纖細敏銳的細節描寫上已經出現時代變動的迴響，在愛情的喜樂離愁中已滲透進一種災難將臨的預感，在看似女性柔弱纏綿的字詞間透露出某種堅強的韌性。簡而言之，阿赫瑪托娃擴大了抒情詩的格局。

《念珠》出版後沒多久歐洲局勢就因奧匈帝國的王儲

斐迪南夫婦遭到「青年波士尼亞」刺客暗殺而陷入混亂，第一次世界大戰爆發。這年夏天阿赫瑪托娃離開彼得堡：先去基輔探望母親和妹妹，再到丈夫家族位於特維爾省別熱茨克縣（Бежецкий уезд）的斯列普涅沃村（Слепнево）的莊園去看望婆婆和兒子（列夫出生後即由婆婆照顧）。阿赫瑪托娃在自傳中記載：「才五月，彼得堡一片寂靜，人們接二連三地悄悄離開。不曾想這一次與彼得堡的離別竟是永遠。我們回來時已經不是彼得堡，而是彼得格勒，時間一下子從十九世紀進入到二十世紀。」

　　從一九一一年起到一九一七年間阿赫瑪托娃每年都會在斯列普涅沃的莊園度夏，這一年她在斯列普涅沃總共寫了五十首詩，其中大部分都收錄在第三本詩集《白鳥群》（Белая стая），也正是在這裡阿赫瑪托娃得知了第一次世界大戰的消息。一九一四年八月一日德國對俄羅斯宣戰，俄國全國上下動員，阿赫瑪托娃的丈夫古密略夫、親密的朋友安列普（Борис В. Фон Анреп, 1883-1969），以及其他親朋好友都紛紛以自願軍的身分前往戰場。

　　詩集《白鳥群》於一九一七年秋天出版，此時已過二月革命，統治俄國三百多年的羅曼諾夫王朝壽終正寢，臨時政府成立，卻面臨兵工蘇維埃的強大挑戰。《白鳥群》正是在這種烽火未歇的紛擾氣氛中於彼得格勒出版。阿赫瑪托娃在《白鳥群》裡依舊延續抒情詩的主題，但是帶入

了大量的心理活動，每一首詩本身在情節方面都很完整，每一首情節完整的詩又與另外幾首因延續的情節而構成情節鏈，這些各自獨立，又一環扣一環的詩便構成了詩組，然後再由詩組擴大為詩集。這種創作形式從此時起便一直延續到晚期，這也是為什麼阿赫瑪托娃始終堅持要以詩集和詩組的方式來呈現她晚期詩作的主因，她甚至說過「我請求永遠不要將我的詩以編年的順序編排」——這是阿赫瑪托娃在一九六一年三月十四日開始編纂自己最後一本詩集《時間的奔馳》（Бег времени）時所說的話。

一切都獻給你……

　　從《白鳥群》開始，阿赫瑪托娃在作品中放入個人真實經驗的比例就越來越高，假如說《黃昏》和《念珠》裡的抒情主角多半是阿赫瑪托娃虛構的人物，那麼在這之後她的許多詩歌就都有非常明確的獻予對象，這些對象都是在她生命中起過某種影響力的人物。

　　自一九一四年起阿赫瑪托娃和古密略夫的關係變得十分複雜。阿赫瑪托娃在一九一三年認識了詩人兼評論家涅多布羅沃（Николай В. Недоброво, 1882-1919），他所寫的評論文章〈安娜・阿赫瑪托娃〉被詩人認為是最好的一篇，因為他竟然能看透在她哀怨呻吟的詩歌中呈現的並非是女性的柔弱，反而是一種堅強和承擔，詩人為此甚至認為：

「或許是他（指涅多布羅沃）成就了阿赫瑪托娃。」而透過涅多布羅沃，阿赫瑪托娃又認識了他最好的朋友——馬賽克拼貼藝術家安列普，這兩人是阿赫瑪托娃在《白鳥群》詩集，甚至是第四本詩集《車前草》（Подорожник）中最主要的獻予對象。

詩集《車前草》於一九二一年四月出版，收錄了她寫於一九一七年至一九一九年間為數不多的詩。然而，在這本詩集出版前，阿赫瑪托娃勢必得歷經與她同時代的人都必須經歷的幾件大事，而這當中最震撼的事件莫過於一九一七年的十月革命：「在那座對開的橋上／在那個今日變成為節慶的日子裡，／我的年少青春就此結束。」

從整體的創作生涯來看，阿赫瑪托娃之後的命運與創作皆受到這次事件的影響。

一九一八年阿赫瑪托娃和古密略夫正式離婚，兩人關係疏離已經有很長一段時間。離婚後阿赫瑪托娃立即改嫁給席列伊科（Владимир К. Шилейко, 1891-1930）。席列伊科是非常著名的東方學學者，特別在蘇美文字和文化方面，但是性格上很難相處，從阿赫瑪托娃獻給他的作品「黑色的夢」詩組可以看出兩人緊張的關係。與席列伊科的婚姻僅維持三年，這一段期間阿赫瑪托娃不僅創作量非常稀少，還遭逢生命中的第一次飢荒。一九二一年夏天兩人分居，正式離婚的手續遲至一九二六年完成。阿赫瑪托娃恢復單

身，重拾創作。

　　繼《車前草》之後，第五本詩集《西元一九二一年》
（Anno Domini MCMXXI）於一九二二年出版，這本詩集
最重要的主題——哀悼古密略夫之死，儘管他的名字並沒
有出現（他被誣陷並以反革命罪被槍決，名字在當時是禁
忌）。在書寫《西元一九二一年》期間阿赫瑪托娃遭遇了
生命中接二連三的失去：先是涅多布羅沃於一九一九年在
雅爾達因肺結核過世，緊接著布洛克 (Александр А. Блок,
1880-1921) 於一九二一年八月七日過世，接下來古密略夫
在同月的二十六日遭到槍決，阿赫瑪托娃甚至是在看報紙
的時候才得知前夫的死訊。這一年之於她實是太過悲傷。
此外她親密的友人如作曲家盧里耶 (Артур С. Лурье, 1892-
1966)[1]、安列普[2]和奧爾加・蘇捷伊金娜 (Ольга А. Глебова-
Судейкина, 1885-1845)[3] 在這幾年間紛紛避走國外；其他相識
的朋友也是一個接著一個離開了蘇聯，在往後漫長的歲月
中，詩人與他們的消息完全斷絕。

1　阿赫瑪托娃於 1913 年與盧里耶認識，對他愛慕有加，獻給他多首詩。盧
　　里耶對十月革命後的社會混亂感到失望，1922 年出國後就不再回蘇聯。

2　安列普於 1917 年以俄羅斯政府委員會軍事祕書的身分被派去倫敦，自此
　　再沒有回過俄國。

3　演員、舞蹈家，二十世紀初俄國白銀文化代表人物之一，阿赫瑪托娃的密
　　友。1924 年蘇捷伊金娜隨丈夫流亡海外，兩人就此斷了聯繫，1945 年逝
　　於巴黎。

我的筆跡已經改變，我的聲音也變得不同……

在第五本詩集《西元一九二一年》出版後，阿赫瑪托娃有長達二十年的時間幾乎完全消失在蘇聯的公眾視線內，直到一九四〇年的新詩集《六本詩集選》（Из шести книг）出版為止。這段期間阿赫瑪托娃過著怎麼樣的生活呢？事實上這段期間正是蘇共政權對詩人打壓和整治的高峰期。一九二〇年初阿赫瑪托娃在蘇聯境內其實仍受到廣泛的歡迎，她連續出版詩集，也積極參與藝文活動，聲譽達到巔峰，然而也是在這個時間點她開始面臨上層的壓力：一九二五年蘇共中央發布〈關於黨對於文學領域之政策〉的決議，當中針對阿赫瑪托娃採取的處置方式是「不逮捕，但也不刊登」作品（然此為非公開性決議），這意謂著她所有新作都沒有可能在蘇聯境內發表；一九二九年她退出蘇聯作家協會（與皮利尼亞克和扎米亞欽同進退），這大膽又危險的舉動使得她在這之後將得不到任何來自官方的庇護和物資的協助。此時期的她面臨到生命中的「第二次飢荒……從一九二八年持續到一九三二年（拿不到馬鈴薯配給、營養不足）」，她不斷地生病，也不斷遭受貧窮的打擊，她甚至一度處於一無所有的境況。阿赫瑪托娃曾寫下：「一整年都穿著一件破舊的連衣裙，一雙補了又補的襪子，腳下是一雙無法想像的破爛鞋子……非常的瘦、非

常的蒼白——這就是我那時的模樣。」

　　然而她所要承受的打擊還遠不止於此。阿赫瑪托娃為數不多的好友一個接一個的死亡，皮利尼亞克（Борис А. Пильняк, 1894-1938）一九三八年遭到槍斃，曼德爾施坦於一九三四年第一次遭到逮捕和流放，一九三八年再度遭到逮捕和流放，最後死在海參崴附近的轉運站。一九三三年秋天詩人的兒子——列寧格勒大學歷史系學生列夫遭到逮捕，所幸很快就被放出；一九三五年列夫第二次遭到逮捕，和他一起被捕的還有藝術史學者普寧（Николай Н. Пунин, 1888-1953），他同時也是阿赫瑪托娃的第三任丈夫。幸虧阿赫瑪托娃四處奔走，再加上相較於一九三八年的「大恐怖時期」（Большой террор, 1937-1938），一九三五年的逮捕行動尚處於所謂的「素食階段」，列夫和普寧兩人很快就被放出。然而三年後，列夫再度遭到逮捕，而且這次他被判處流放北極圈殘酷的白海－波羅的海強制勞改營（Белбалтлаг）五年。

　　面對親朋好友接二連三的死亡、入獄、流放和勞改，阿赫瑪托娃本人已經準備好隨時就死，然而死亡的巨斧始終沒有落在她的頸上，取而代之的卻是無盡的折磨，那些年裡內心的傷口一道又一道地增加，舊傷尚未痊癒，新傷又立即帶上，累積在內心的感受強烈到無法壓抑，《安魂曲》（Requiem）的詩句就這麼在阿赫瑪托娃的腦海中開

始自行發聲。「在『第一次幕間休息』的這些年裡頭（指
1925 年至 1935 年間的創作低潮期）我承受了無數恐懼、枯
燥、空虛，以及死亡般孤單的感受，一九三六年我再次動
筆，但是我的筆跡已經改變，我的聲音也變得不同……《安
魂曲》誕生（自 1935 年至 1940 年）……一九四〇年是（創
作）頂峰。詩歌不間斷地自生自響，一首跟著一首接踵而
來，我不間斷地寫，幾乎喘不過氣來……」

　　阿赫瑪托娃在《安魂曲》中是以無名詩人的身分接受
民眾交付給她的使命——寫出「大恐怖時期」蘇聯母親和
妻子的痛苦和折磨，而這樣做的同時，阿赫瑪托娃也加入
了群眾的隊伍，把自己的命運同大眾的命運連繫起來，這
便構成了她晚期作品中最重要的一個概念——合唱。

　　「……（一九四〇年）三月，《安魂曲》的〈尾聲〉
寫畢。這些日子裡同時完成的還有《行遍大地（基捷日女
人）》（Путем всея земли [Китежанка]）[4]，本質上這部作
品就是一場大型的追悼會，到了秋天又有兩位客人一起冒
出：莎樂美和我可憐的奧爾加，我就這麼和這位神祕的同
路人（指《沒有主角的敘事詩》）一起走了二十二年。」
莎樂美指的是二十世紀初俄國著名的藝文沙龍女主人安德
羅尼可娃（Саломея Н. Андроникова, 1888-1982），而奧爾

4　《行遍大地》最初的名稱是《基捷日女人》。

加指的是蘇捷伊金娜，這兩位都是阿赫瑪托娃的同時代人，也是俄國白銀時期文化的代表人物，過往的記憶因著這兩人而復甦，詩人寫下〈影子〉（Тень）和〈妳無憑也無故地來到俄羅斯〉（Ты в Россию пришла ниоткуда）等詩作，爲之後的大型作品《沒有主角的敘事詩》（Поэма без героя，之後簡稱爲《敘事詩》）開了頭，並持續書寫了二十二年。

漂泊無依的基捷日女人

一九二〇年代中期起阿赫瑪托娃以普寧第二任妻子的身分住進噴泉屋（Фонтанный дом）四十四號公寓。與普寧生活的日子裡阿赫瑪托娃跟著認識了前衛派藝術，她還幫普寧翻譯了不少法文藝術雜誌的文章。一九三〇年代末期阿赫瑪托娃與普寧的關係走到了盡頭，兩人結束了夫妻關係，但仍住在一個屋簷下，這是因為阿赫瑪托娃沒有其他住所，她一生都為住房問題所困擾：「一個被馴服了的、剪了翅膀的女人，我棲居在你的家中」，這首詩的字裡行間完全透露出詩人寄人籬下的無奈。

阿赫瑪托娃的住所常隨著與丈夫的離合而變動，與古密略夫離異後，她搬到席列伊科的住所大理石宮，和席列伊科離異後因為沒有其他住所，她仍必須借住在大理石宮，待第三任「丈夫」普寧同意後，她就搬到普寧位在噴泉屋

的住所，即使如此她依然無法擁有吳爾夫所謂的女人寫作的必要條件——「自己的房間」，因為嚴格說起來，她在普寧的家中只擁有一個角落。二十年來她總是一個舊皮箱、一頂破帽子、一件舊大衣，在列寧格勒和莫斯科朋友的住處之間來來回回，在各個投靠之所暫居，為此阿赫瑪托娃的朋友甚至以「一九三〇年代的基捷日女人」(китежанка)來稱呼她，這是以中世紀沉入湖中的古城基捷日的遺民來指稱詩人漂泊無依的狀態。

當阿赫瑪托娃與醫學實驗研究所教授弗拉基米爾·迦爾洵 (Владимир Г. Гаршин, 1887-1956) 認識後，後者懇切的噓寒問暖成為了德蘇戰爭爆發前三年間阿赫瑪托娃最主要的精神支柱，迦爾洵甚至承諾要娶詩人，還要給予她一個家。一九三八年至一九四四年間阿赫瑪托娃寫了多首詩獻給迦爾洵，如第一版《敘事詩》的〈尾聲〉，一九四三年在疏散地塔什干期間阿赫瑪托娃將第二版的《敘事詩》全部都獻給迦爾洵，就連《行遍大地》在一開始獻予的對象原本也是迦爾洵。

德蘇戰爭爆發後阿赫瑪托娃留在列寧格勒，在到塔什干之前阿赫瑪托娃寫下〈而那女人今日與愛人別離……〉、〈落在列寧格勒的第一發遠程砲彈……〉、〈死亡的鳥群高踞天際……〉等詩，之後成為「戰爭之風」詩組的主要內容。一九四一年九月二十八日阿赫瑪托娃被指

定為疏散的對象，她被帶往機場，生平第一次登上直升機，離開列寧格勒，飛往莫斯科，待十月中旬她與其他詩人和作家再從莫斯科展開前往中亞地區的既定疏散路線：從莫斯科到喀山，從喀山搭火車和輪船到奇斯托波爾，從奇斯托波爾搭火車到烏茲別克的塔什干，在這輛火車上阿赫瑪托娃寫下了《敘事詩》的〈尾聲〉。

　　抵達塔什干後，阿赫瑪托娃回憶起自己的「東方根源」，她寫下：「我已七百年不曾來到此處，／可是這裡仍一切如舊……」。塔什干期間阿赫瑪托娃的狀況發生了些許變化：她因〈勇氣〉和〈誓言〉等幾首「愛國詩」而被當權者接納，於是便從被人唾棄的「境內僑民」轉而被歸類到「自己人」一方。阿赫瑪托娃在塔什干的生活獲得了改善：她分到內容較好的配糧，得到較好的醫療照顧，此外她還獲得一間雖然很小，但卻是獨立的房間。一九四四年五月十四日阿赫瑪托娃從塔什干飛回莫斯科，她婉拒朋友的邀約，立即搭火車回到列寧格勒去找迦爾洵。還在戰爭爆發前，阿赫瑪托娃已經允諾要嫁給迦爾洵。然而期待中的家庭生活她還是沒有等到。在一次激烈的爭吵後，她與迦爾洵決裂，她先在友人家中住了三個月，直到一九四四年八月底萬般無奈的阿赫瑪托娃再度回到噴泉屋，和前夫普寧的家人一塊住，至於前夫普寧，此時的他已經娶了第三任妻子。

來自未來的客人

　　噴泉屋牽繫了阿赫瑪托娃三分之一的生命,超過二十五年的時間。噴泉屋原稱雪烈梅捷夫宮,是雪烈梅捷夫家族(Шереметевые)所有,也是彼得堡最宏偉的宮殿之一。阿赫瑪托娃與噴泉屋的結緣,最初是由於席列伊科,一九一九年秋天她隨著第二任丈夫席列伊科住了進來,其時男方是雪烈梅捷夫家的家庭教師,但一年後她就隨著席列伊科搬出而離開。再次住進噴泉屋則是在一九二五年底,當阿赫瑪托娃搬到第三任丈夫普寧的家中,從那時起到一九五二年為止,中間只有在塔什干的兩年多時間,以及從塔什干返回後短暫的幾個月期間她不住在噴泉屋。一九五二年阿赫瑪托娃跟著普寧的女兒伊琳娜(Ирина Н. Пунина, 1921-2003)一家人搬到紅色騎兵街(улица Красной конницы)上的公寓居住,離開了噴泉屋。

　　噴泉屋不僅是阿赫瑪托娃在彼得堡待過最久的住處,它還是詩人創作晚期最核心作品《敘事詩》的地點,這裡同時也是詩中故事發生的場景。也正是在噴泉屋,在一九四五年十一月中和一九四六年一月初,年輕的英國外交官以撒·柏林(Сэр Исайя Берлин, 1909-1997)兩次拜訪了阿赫瑪托娃,可是這兩次拜訪,以及與外交官的深夜交談卻帶給阿赫瑪托娃致命的打擊:一九四六年八月十四日

的〈蘇共中央組織局關於《星》與《列寧格勒》雜誌的決議〉事件（Постановление оргбюро ЦК ВКП(б) «О журналах «Звезда» и «Ленинград»»，後簡稱 1946 年〈決議〉事件）和相關懲罰讓阿赫瑪托娃痛不欲生，而在這之後的東西方冷戰，在詩人看來皆肇因於這兩次「致命的」相會。當然很難定論是否一切真如詩人所認為，但可以確定的是這兩次相會激發了阿赫瑪托娃的創作火花，詩組「Cinque」、「薔薇花開（摘自焚毀的筆記本）」和「午夜之詩」當中部分的詩、《敘事詩》的第三首獻詩，以及其他若干首獨立的抒情詩，全部都與柏林的這兩次拜會有關。

在一九四六年的〈決議〉事件裡阿赫瑪托娃和左申科（Михаил М. Зощенко, 1894-1958）的作品一同遭到蘇共黨中央的嚴厲批判，而它之所以帶給詩人如此巨大的打擊，原因還在於整起事件完全出乎詩人的意料之外。

對阿赫瑪托娃來說，一九四六年其實是豐收的一年：有三本詩集準備出版中，而四月的時候在莫斯科有好幾場詩歌邀請，每一場都獲得巨大成功，然而〈決議〉一出，所有計畫全部中止。在這之後阿赫瑪托娃便進入「第二次幕間休息」：「一九四六年後我便進入了將近九年的黑暗期，這段期間我只從事翻譯，以此溫飽並寄包裹到勞改營，有時則是夢遊似地忙著《敘事詩》……」

一九四九年阿赫瑪托娃的兒子列夫第四次被捕（很難

不認為這不是被一九四六年的〈決議〉事件所連累），並被判十年強制勞改營，那時列夫已經是一位歷史學者和民族誌學者，他還獲得了「攻占柏林」和「衛國戰爭之戰勝德國」的獎章。在逮捕的同一天，阿赫瑪托娃燒掉了所有存放在家中的個人檔案，相關心情可見〈焚毀的筆記本〉一詩。而那些如今被認為是奇蹟般保存下來的手稿，一些是存放在朋友家中，另一些則是存放在朋友的腦海中，待日後憑藉記憶用筆寫下。

這段期間阿赫瑪托娃以一個受苦的母親的身分想方設法去營救兒子，她勉強自己絞盡腦汁寫出的「世界的榮耀！」之類所謂的歌功頌德的詩組，甚至導致她第一次心肌梗塞。詩組刊登在《星火》雜誌，但是兒子卻並沒能因此減刑獲救。阿赫瑪托娃努力翻譯蘇聯境內各加盟共和國詩人的作品，這些同樣也沒能對拯救兒子一事起到任何作用，九年的歲月便這樣過去了……而那些為兒子和朋友而寫下的詩，那些寫了又燒掉的心境都反應在未收錄在本書的「碎片」（Черепки）詩組和《敘事詩》中。

一九五六年二月蘇共二十大會中赫魯雪夫對史達林的批判結束了阿赫瑪托娃的「第二次幕間休息」。同年五月列夫自流放地回來，並且獲得完全無罪的釋令。然而蘇共對一九四六年的決議卻仍然維持，沒有撤銷，這意味著蘇聯中小學和高等教育機構的教科書中對阿赫瑪托娃抱持的

阿赫瑪托娃，1913 年，斯列普涅沃。
詩人在這張照片的一張副本上寫有：
「我這時在寫《念珠》。」

噢，影子！原諒我，但是晴朗的天氣、
福樓拜、失眠，還有晚花丁香的綻放，
都讓我憶起妳這位一九一三年的佳麗，
而妳淡漠無雲的白日漫長
也總是隨之浮現……然而我已無法面對如妳
這樣的回憶。噢，黑影斜更長！

　　　　──〈影子〉

插圖：丘語晨

看法仍與十年前一樣，其調性甚至到她死前都沒有改變。

詩歌——堅實勝過一切

　　一九五六年至一九六六年是阿赫瑪托娃生命的最後十年，她又一次進入創作豐收期，甚至堪比她的第一個豐收期（1912-1922）。生命的最後十年裡阿赫瑪托娃在智慧上所呈現的明亮和活力、記憶的鮮明和尖銳、對生活周遭發生的一切所顯示的積極興趣，還有她獨一無二的幽默感，讓阿赫瑪托娃過著完全創作的生活，她掌握了新聞、資訊的來源，環繞在她身邊的不只老友，還有年輕一輩的新朋友。這些年裡阿赫瑪托娃除了書寫新詩，同時還憑藉友人的記憶來復原那些原以為遺忘和遺失的詩，另外就是繼續寫作《敘事詩》，從一九五六年到一九六三年間她總共寫了五個版本。創作之外她還從事研究，從一九二〇年代中期起就開始的普希金研究阿赫瑪托娃一直堅持到晚年，她持續改寫三篇舊稿，又寫了若干篇新稿，她的論文獲得發表，還被認可為普希金學的學者；此外她也寫散文作品：關於自己、彼得堡、同時代詩人，還有就是關於文學與文學家，如杜斯妥也夫斯基、果戈里、莎士比亞等等。她還有一些新詩集的計畫。

　　一九六四年十二月阿赫瑪托娃獲得義大利頒發的塔歐米納國際文學獎；一九六五年夏季阿赫瑪托娃獲准出國，

她前往英國，接受牛津大學頒贈給她的榮譽文學博士。

　　晚年的阿赫瑪托娃仍舊大量地翻譯外文詩，她主要是以此溫飽，然翻譯確實占據了她很多的時間和精力，而她此時年事已高，有過三次心肌梗塞發病的紀錄，外加其他大大小小的疾病，而她的衣食住行等條件嚴格說來亦不能稱之為無虞。蘇聯作家協會遲至一九五五年終於在科馬羅沃（Комарово）的作家夏季度暑別墅區將一間小屋配給了詩人，讓她在遲暮之年終於有了自己的棲居之處，但也是從這時起她就經常在列寧格勒、莫斯科和科馬羅沃這三處不時來回，準備詩集的刊印，和編輯討論詩歌的內容，同時也為時常發作的神經焦慮而苦。

　　自一九四〇年《六本詩集選》之後阿赫瑪托娃的新詩出版又出現一個大空缺，一九五八年一本內容和裝幀都非常小型的《阿赫瑪托娃詩選集：1909-1957》出版，阿赫瑪托娃的評語是，這本詩集「已被（編輯）啃食到所剩無幾」。一九六一年又出版了一本同樣在內容和裝幀上都很小型的詩集《阿赫瑪托娃詩集：1909-1960》。在這之後就是《時間的奔馳》的出版計畫，阿赫瑪托娃對這本書極為重視，投入大量的時間和精力，然這本書的第一版終究因為上層的命令最終胎死腹中。第二版的《時間的奔馳》於一九六五年秋天終於出版，依然看得出審查機構明顯介入的痕跡，儘管如此阿赫瑪托娃仍是感到高興，因為不少從

未發表的新詩終於被刊登出來。《時間的奔馳》的出版距離《白鳥群》詩集算起來已經過了將近半世紀，阿赫瑪托娃曾說：「我當年的生活已經完全沒有留下任何一點遺跡，更可怕的是周遭所有的人——也全部不一樣了……但是那些詩歌卻仍能重新顯示它們堅實勝過一切……」

　　一九六五年十月阿赫瑪托娃前往莫斯科，她沒料到會就此與自己的城市離別（阿赫瑪托娃總是用粗體字書寫**彼得堡**）。直到生命的最後一刻，阿赫瑪托娃躺在莫斯科的醫院裡也是一直工作。

　　一九六六年三月五日阿赫瑪托娃逝世於莫斯科近郊多莫捷多沃療養院，告別式的地點在莫斯科的斯克里弗索夫斯基醫療研究所的太平間，這則消息知道的人很少，來的群眾並不多。詩人阿爾謝尼·塔可夫斯基（Арсений А. Тарковский, 1907-1989，導演安德烈·塔可夫斯基的父親）在這裡的發言真摯又動人，他說：「她的生命結束了。而不死的永恆也到來。」三月九日載著阿赫瑪托娃遺體的靈車抵達列寧格勒，但是市區墓園卻沒有一處獲准將她安葬，最後只能選擇在科馬羅沃的墓園裡讓詩人安息。列夫·古密略夫在聖尼古拉海軍主教座堂舉辦追悼會。三月十日先在教堂舉辦安魂儀式，而之後在作家之屋舉辦的公民追悼會上開始湧現大量的群眾，詩人的至親、朋友、熟人與數千名忠心讀者擠滿會場，甚至得動用大批警察和官員以維

持秩序。

＊＊＊

　　二〇一三年夏天我再次回到彼得堡，專程搭車前來這處靜謐的墓園。極目望去，在北方蒼白淡漠的天空下濃密的松林撐出一片鬱鬱的空間，阿赫瑪托娃的墓就藏身在這裡一角，其上擺著不知名人士的獻花，周圍的墓牆上裝飾著詩人著名的側面雕像，周遭的一切顯得如此寂寥，卻又亙古如常。阿赫瑪托娃晚年和朋友來這裡散步時，曾意有所指地說：

> 那條路隱約露白在濃蔭間，
> 看起來如此輕鬆不危艱，
> 但我不會透露它通向何方……

　　或許她在那時就已經預言了自己未來的安息之處吧，而那片松林必會守護她的平靜。我待了一會，默默許了願，便起身離去。

熊宗慧
二〇二二年一月七日

第七本詩集

第七層霧幔已落，

在那之後，春天就要到來。

　　　　　　卡珊斯卡雅[1]

1　卡珊斯卡雅（Татьяна Казанская, 1916-1989），語言學家，阿赫瑪托
　　娃的朋友。題詞出自她的一首詩〈浮冰霹啪碎裂，嚴寒錚錚破響⋯⋯〉。

技藝的祕密

1. 創作

時常這樣：有某種說不出的疲困；

耳朵裡時鐘不停地敲打對陣；

遠方漸息的雷聲轟隆隆憤懣。

我彷彿聽到一連串的抱怨與呻吟

無法分辨的，但已是被捕獲的雜音，

一個祕密環圈持續向內縮緊，

就從這窸窣叮咚的雜音淵底

即將浮現一個所向披靡的聲音。

在它周圍是無以復加的寂靜，

甚至聽得到林間草木生長，

災難背著行囊在地面徒行……

而此刻詞語已然整隊成行，

輕盈韻腳的信號聲[2]也入耳動聽，

我才明白原來如此的模樣，

而一行行詩句僅只是隨聲現形，

早已布滿雪白的筆記本上。

1936 年 11 月 5 日，噴泉屋

2　這裡指的可能是詩句末尾的韻腳讓詩人聯想到用打字機打字時在每一句末尾按鍵的聲音。

2

我不需要頌詩的雄壯隊伍，
也不需要哀詩的感傷花樣。
我以為詩歌就要不識時務，
而非人們以為的那樣。

若是你們知道，從什麼樣的糟粕殘渣
誕生出的詩句，全然不知忸怩，
如黃色蒲公英伸出了籬笆，
如牛蒡，還有濱藜。

憤怒的呼聲，焦油的新鮮氣味，
牆壁上那一點發了霉的神祕圓圈⋯⋯
而詩句已發出聲響，激昂復柔媚，
那是予您的喜悅，是給我的熬煎[3]。

1940 年 1 月 21 日

3　這一句最初的寫法是「那是給予您和我的喜悅」，此處採用的是詩人最後
　　修訂的版本，兩者在意義上幾乎完全相反。

3. 繆斯

我如何能與這種負擔和平共存，
偏偏她被叫做**繆斯女神**，
大家都說：「妳和她在青青草地上徜徉……」
人們都認為：「那是上帝奧妙的真諦……」
但她一揪人耳朵，比熱病發作還暴戾，
跟著又是一整年的不聲不響。

1960 年 10 月初

4. 詩人

你想想，同樣是工作在忙——
這種生存之道可謂悠哉好過：
先從音樂裡偷聽個名堂
再輕鬆地納為自己的收獲。

將某支輕快的詼諧樂曲
悄悄放進詩歌的字裡行間，
還賭咒說你可憐的心緒
仍在金黃田野上苦苦熬煎。

然後你再偷聽森林的密談，
捕捉偽裝沉默的松林叨絮，
趁著林間煙升霧起如帷幔
靄靄薄霧瀰漫在四方不去。

我伸手向左拿，又探手向右取
不假思索，無半點罪惡的愧疚，
從狡猾的生活裡拿取少許
而從深夜的寂靜裡——擷取所有。

1959 年 7 月 11 日，科馬羅沃

5. 讀者

詩人無需太大的不幸變故，
最重要是不能自我封閉。噢，不能！——
為了讓同時代人認識清楚，
詩人得徹底布公開誠。

把舞台燈具擺腳邊，
讓一切看來森冷、空曠又亮晃，
讓聚光燈赤裸的白光無遮掩
就打在他額頭正上方。

但每位讀者都是一個奧妙，
如深埋地底的寶藏，
即便是最後一位，即便偶然得到，
即便他一生只是一連串的不吭不響。

那裡藏著所有大自然想隱藏著，
不想對我們揭露的祕密。
總有人在某個命定的時刻
在那裡無助地哭泣。

那裡有多少次深夜的朦朧迷離，
多少的漆黑暗影，又有多少的沁涼，
那些未曾相識的眼眸就在那裡
與我交談直到曙光乍亮。

為了某事責備我執意追究
又為了另一件事而認同我……
無聲的告白沒有半點保留，
與讀者的交流直達幸福的熱火。

我們人生在世不過轉眼瞬息

生存範圍卻侷限四周，

但讀者忠誠，始終如一──

他是詩人看不見的隱形朋友。

1959 年 7 月 23 日，科馬羅沃

6. 最後一首詩

有一首詩彷彿是受了驚嚇的雷，

它帶著生命的氣息闖入屋內，

它咧嘴大笑，止不住喉間的激昂，

它一邊轉圈，一邊拍手鼓掌。

另一首詩，它誕生在午夜的靜幽，

我不知它從何處往我這裡鑽溜，

它從空無一物的鏡子裡看著我，

嘴裡頭嘟嚷著話語陰沉又淡漠。

還有像這樣的詩：午後日間，

對我的存在彷彿視而不見，

在白紙上自顧自樂地流瀉，

像是溪澗源泉的汨汨涓潔。

這裡還有一首：神祕的它總迂迴前進——
尚未成音也不成色，不成色又不成音——
百般琢磨，一修再修，蜿蜒蛇行，
握在手中始終不成形。

而這首詩真要命！它一點一滴把鮮血啜飲，
像青春期的惡女要把愛情嚐盡，
然後就一句話也不多說，
閉上了嘴再次陷入沉默。

而我不知有什麼災難比這更殘忍——
那詩逕自離開，而它遺留的印痕
朝向某處邊境伸延，
可沒了它……我死期就在眼前。

1959 年 12 月 1 日，列寧格勒

7. 諷刺短詩

貝琪[4] 能否像但丁那樣創作？

4　貝琪，即貝阿特麗琪（Beatrice Portinari），是但丁（Alighieri Dante,
　　1265-1321）一生戀慕的對象，從而成為創作靈感的代名詞。

而蘿拉⁵ 能否歌頌烈愛的情火？

我教會了女人開口說話……

但天哪，又如何才能讓她們閉口不說！

1957 年夏，電車上

8. 關於詩

致納爾布特

這是——失眠榨出的殘渣，

這是——斜燭嗶剝的燭花，

這是——數百座白色鐘塔

黎明第一記鐘響齊發……

這是——切爾尼戈夫⁶ 的月霽

皎皎光華溫暖的窗沿，

這是——嗡嗡蜂群，是草木犀，

這是——塵埃，是黑暗，是赤陽烈焰。

1940 年 4 月，莫斯科

5　蘿拉（Laure de Noves）是佩脫拉克（Francesco Petrarch, 1303-1374）欽慕的人，激發了詩人持續良久的創作力。

6　切爾尼戈夫（Чернигов）是納爾布特的故鄉。

9

致曼德爾施坦

或許還有很多事物在引頸企盼，
企盼著由我的聲音來歌詠稱頌：
稱頌無聲的沉默能發出雷霆震顫，
或在黑暗中敲磨地底頑石的崢嶸，
又或是沉默能破霧突圍離去從容。
我與那火、那風，還有那潾潾流水
始終糾葛不休，還難捨難分……
腦袋發脹又終日昏沉欲睡，
而忽然間你為我打開大門，
一掃混沌，並帶我迎向黎明星辰。

1942 年，塔什干

***

書本裡的最後一頁末
我總是愛得比其他頁要多——
當男女主角的魅惑
早已不再，而許多年就這麼
悄悄過，誰也不覺得遺憾，

就連作者自己，似乎也已經

忘記對故事開頭的回探，

即使是「永恆也會凋零」，

正如一本睿智之書[7]對讀者的證明。

正是此刻，恰於這時

當一切就要結束，作者就要再次

面臨徹底的孤單，而他卻是

偏偏想要耍俏皮和譏刺

又或是尖酸和刻薄——天啊，原諒他一次！——

他安排了一個華麗的結局，

如以下所敘：

……在那座城市裡（城市名字沒說）[8]

有兩間房屋

遺留著某人的側影（一個不知名的傢伙

在白石灰牆上將它描摹出），

但看不出是女還是男的輪廓。

當地人說，每當夜空低懸著一輪中亞綠月——

綠月投射出光線——

光線在白石灰牆上飛掠，

特別就在新年午夜的整點時間，

7　指馬克吐溫的小說《湯姆歷險記》，第 26 章。

8　指塔什干（Ташкент）。

這時你會聽到一個幾不可聞的怪聲，
但有人認為那是某人嚶嚶的哭聲，
而另外有人認為那是說話聲……
不過所有人對這怪事終於厭倦，
訪客不再絡繹，當地人見怪不怪，
再後來聽說，兩間屋子中的一間
已用布幕將那可憎的側影覆蓋。

1943 年 11 月，塔什干

普希金

有誰知道這樣的榮耀！
而他是以什麼樣的代價把權利換到？
或許是才華，也許是天賦吧，
才能如此睿智又調皮地對世道
點評開玩笑，時不時又神祕地緘默作啞，
還把玉腿喚做小腳丫 [9]……

1943 年 3 月 7 日，塔什干

＊＊＊

9　指普希金在《葉夫根尼·奧涅金》裡描述芭蕾舞女伶伊斯托敏娜「用一隻
　　小腳丫快速點擊另一隻小腳丫」。

我們神聖的技藝
已存在數千年之久，
即使陽光不再，有它世界仍耀熠，
但是還沒有哪一個詩人說過，
智慧不存在，衰老亦無有……
而或許，就連死亡也沒有。

1944 年，塔什干

一九四○年

1

人們將時代安葬，
卻無葬禮詩篇誦唱，
僅以蕁麻和薊草的寒傖，
勉強為她[10]著點容妝。
只有掘墓人變本加厲
拚命工作。事情可不為誰而停！
要靜靜地掘，像這樣，天哪，靜靜地，

10　俄語中「時代」（эпоха）為陰性名詞，人稱代詞為「她」，再聯繫上
　　第 11 句的「母親」，便構成「時代母親」的概念。

就能將時間流淌的聲音傾聽。

在這之後她便會浮出水面，

漂流在春日的河上如一具屍身——

但那時兒子已認不出母親的臉，

而孫子則哀傷地背對轉身。

人們更把頭低垂如弓，

月亮像鐘擺，來回游蕩。

正是這樣——淪陷的巴黎天空 [11]

才會是現在這般寂靜荒涼。

1940 年 8 月 5 日，噴泉屋

2. 致倫敦人
(To the Londoners)

於是戰爭在天上開打了。
啟示錄

莎士比亞第二十四齣戲碼將上演 [12]

時間用冷漠的手撰寫編排。

---

11 巴黎於 1940 年 6 月 14 日為德軍占領。

12 莎士比亞共 37 齣戲劇，其中有 23 齣是經典，第 23 齣即為《亨利八世》（Henry VIII），第 24 齣為《兩位貴族親戚》(The Two Noble Kinsmen)，然而這齣戲並未完成。

參與在這場瘟疫的盛筵，

我們最好待在暗沉如鉛的河岸邊

將哈姆雷特、凱撒和李爾王讀一遍；

我們最好從窗子裡偷看馬克白，

並與僱傭殺手一起顫抖驚駭——

但不要這齣，不要這齣，不要把這齣戲來排，

這一齣戲我們誰都無力展開！

1940 年

3. 影子[13]

一個女人對死亡時刻會知道什麼呢？[14]
曼德爾施坦

總是比所有人更華麗，更粉豔，又更高挑，

但為何妳要從消逝年代的底層浮出，

而猙獰的記憶為何總在我面前晃搖

馬車玻璃上妳清晰側影的掩映扶疏？

那時人們爭論什麼？——說妳是天使還是飛鳥？

---

13 俄文中「影子」（тень）一詞為陰性，人稱代詞為「妳」或「她」，這
　　個詞彙自 1940 年起頻繁地出現在阿赫瑪托娃的詩中，可以表示時代的
　　陰影、逝去的歲月，且多以擬人化的角色出現。

14 題詞出自曼德爾施坦的詩〈小麥稈〉（Соломинка, 1916）。

詩人卻獨鍾妳小麥稈 [15] 別稱的典故。

黑色睫毛下是對眾生漠然的無所縈繞，

達里雅爾 [16] 深邃眼眸裡柔光倒映如霧。

噢，影子！原諒我，但是晴朗的天氣、

福樓拜、失眠，還有晚花丁香的綻放，

都讓我憶起妳這位一九一三年的佳麗，

而妳淡漠無雲的白日漫長

也總是隨之浮現⋯⋯然而我已無法面對如妳

這樣的回憶。噢，黑影斜更長！

1940 年 8 月 9 日

4

我是否已無法辨識失眠的容顏

那些由深淵和曲徑導引出的輾轉反側，

而這一次卻像騎兵隊的踏陣上演，

並輔以瘋魔小號的嚎哭惻惻。

15　「小麥稈」指的是莎樂美・安德羅尼可娃，二十世紀白銀時期著名的
　　美人、文學沙龍的女主人。曼德爾施坦以「小麥稈」暱稱安德羅尼
　　可娃，因為莎樂美（Саломея）這個名字的一個別稱即為莎洛敏娜
　　（Соломина）與俄文中的麥稈（соломина）發音一樣。

16　達里雅爾峽谷位於俄羅斯（北奧塞帝）和格魯吉亞的邊境上，阿赫瑪托
　　娃用達里雅爾的雙眸來稱呼出生在格魯吉亞的安德羅尼可娃。

我走進荒廢屋宇，那裡早已人去聲靜，

而不久前它還曾是某人的愜意窩。

這裡靜極了，只有一列白色幽影

在他人鏡中悠悠飄過。

那是什麼在霧中？——是丹麥的霧茫茫，

還是諾曼第[17]，又或是某一處

我年輕時曾到訪過的地方？

而這一切——莫非只是不斷的重複，

翻印著永遠被遺忘的時光？

　　　　1940 年

5

但是我要預先讓您知曉，

這是我生命的最後一遭。

但不是飛燕，也非槭楓，

不是蘆葦，也非辰星，

不是泉水泠泠，

也非鐘樓的鐘聲叮咚——

這些都不會成為我打擾人們清靜的化身，

而我也不會用那無處排遣的吟呻

17　作者原寫芬蘭，審查時被修改，因當時蘇聯正與芬蘭發生戰爭。

來探訪他人的幽夢。

1940 年 11 月 2 日－7 日，噴泉屋

戰爭之風

誓言

而那女人今日與愛人別離——
就讓她將痛苦化煉為力
我們向孩子承諾，在亡者的墳前起誓，
誰也無法折服我們的傲氣！

1941 年 7 月，列寧格勒

＊＊＊

鄭重地和女友道別離，
隊伍行進間亦親吻了母親，
一身穿戴煥然一新，
彷彿進行娃娃兵遊戲……
不論好的、壞的、不好不壞的士兵——
他們全都各就各位，
不論先來與後到，一律一人一位——

就在那裡他們全部長眠於寂靜。

1943 年，塔什干

落在列寧格勒的第一發遠程砲彈

即使是五光十色的繁華喧囂
也會一瞬間褪色變調。
然而這聲音既非城市的人聲鬧叫
也非鄉間的蟲鳴寂寥。
真的，那聲音聽起來就像是
遠方的雷鳴，兩者如兄弟般相似，
可雷聲總是飽含高遠天際
清新溼潤的雲朵水氣
也總是挾帶歡樂驟雨的信息──
那是草地引頸企盼的希冀。
可是這聲音卻像烘焙後乾巴巴的單調，
驚慌失措的耳朵不想要
相信──它的次數越密越頻繁，
數量越增越多，
它是以怎麼樣無動於衷的漠然
無情地將我孩子的生命劫奪。

1941 年 9 月，列寧格勒

＊＊

死亡的鳥群高踞天際 [18]。
誰來拯救列寧格勒？

周圍的人請停止吵鬧──城市還在呼吸，
他 [19] 還活著，他什麼都還聽得：

聽得到波羅的海溼潤的海底
他的孩子在夢裡無力地呻吟，

聽得到「麵包呀！」從城市地底
衝到七重天的哀號聲音……

請將天堂之門打開吧，
現在就請幫助他吧。

　　　　　　1941 年 9 月 28 日，（在飛機上）

18　指德軍轟炸機在列寧格勒的高空緩慢盤旋，就像靜止的鳥群高懸天空。

19　指列寧格勒（Ленинград，彼得堡於蘇聯時期的名稱），該詞在俄文裡
　　屬陽性名詞，該城在詩中已經擬人化，故以代詞「他」稱之。

勇氣

我們知道此刻天秤上在權衡些什麼，
也知道當下發生的事情是什麼。
勇氣的時刻已經敲下。
勇氣不會把我們拋下。
我們無懼橫身躺在冰冷的子彈下，
不會因為無家可歸而痛苦悲傷——
我們會將妳保護，俄羅斯言語[20]，
偉大的俄羅斯詞語。
我們會保存妳的純淨與自由，
將妳傳遞給子孫，我們會將妳拯救，
永永遠遠免於奴囚！

1942 年 2 月，塔什干

＊＊＊

1

院子裡避彈坑已經掘畢，

20　「俄羅斯言語」（русская речь）在俄語中是陰性詞，故以「妳」稱之。
　　這個詞因曼德爾施坦的詩句〈永遠保存我的言語〉（Сохрани мою
　　речь навсегда）而被阿赫瑪托娃用作是象徵俄國文化的詞語。

黑漆漆燈火闃然滅熄。

彼得城的孤兒，

我的孩兒！

地底之下無法呼吸，

疼痛戳鑽著太陽穴刺激，

穿過密集的轟炸空襲

依舊聽得到孩子的微弱聲息。

2

你[21] 的小拳頭一敲——我立刻把門開。

我的門開總是為你。

即使我現在遠在千里重山之外，

被沙漠、狂風與酷熱阻礙，

但我永遠不會把你背離……

我不曾聽過你呻吟哭叫。

麵包你也從未跟我索要。

就帶給我一根楓樹的枝椏，

或是青青小草一把，

21　這兩首詩都是獻給阿赫瑪托娃在噴泉屋住處的鄰居之子——八歲的瓦利
　　亞 · 斯米爾諾夫，他死於列寧格勒圍城期間；而第二首詩原寫有獻予對
　　象沃瓦（瓦利亞的兩歲弟弟），因為詩人一開始以為死的人是沃瓦。

如去年春天你帶給我的那樣吧。
帶給我一捧清澈的透明，
我們涅瓦河透骨的涼意，
而我會將你金色頭顱洗淨
那上面的斑斑血跡。

1942 年 4 月，塔什干

NOX. 夏日庭園的雕像「夜」[22]

親愛的夜神呀！
妳裹在星光點點的斗篷裡
頭戴哀悼的罌粟花冠，無眠的貓頭鷹伴著妳……
親親的女兒呀！
我們如此細細地將妳保護
用夏日庭園新鮮的泥土好好蓋住。
如今戴奧尼索斯的酒盅已空。
愛神的眼睛滿是淚痕……
因為妳那令人戰慄的姐妹戰神
正路過我們城市的上空。

1942 年 5 月 30 日，塔什干

---

22 Nox，拉丁語的「夜」，此處指列寧格勒（今彼得堡）夏日庭園的夜神
雕像，其造型正如詩人所描述的那樣。

致勝利者

納爾瓦凱旋門在後方，
擺在眼前的只有死亡……
蘇聯士兵舉步向前走
迎向貝爾塔巨炮燃燒的炮口。
所有人定會在手記裡將你們記下：
「為朋友捨卻自己的生命」，
單純真摯的男孩呀——
凡卡、瓦西卡、阿廖什卡、格利什卡，
我們所有人的兒孫與弟兄！

　　　　　　1944 年 2 月，塔什干

　　　　　　＊＊＊

而你們，我最新被召喚走的朋友！
為了將你們哀悼，我的命被保留。
對你們的記憶不會冷卻如哭柳垂首，
而是要把你們的名字向全世界呼吼！
可唱那些名又算什麼！我啪地一聲闔上聖徒曆；
接著——全體都屈膝跪下！驀地降下血紅光芒！
列寧格勒人列隊通過整整齊齊，

生者與逝者同行。對上帝而言，本不存在死亡。

1944 年，塔什干

勝利

1

光榮的事業光榮開展
在戰慄的隆隆聲中，在紛飛的雪花裡，
在那裡，飽受敵人的磨難
是大地純淨的身體。
自那裡，故鄉的白樺向我們
伸出枝椏，期待著，將我們招引，
而成群強大的嚴寒老人
正以密集隊形與我們同步前進。

1942 年 1 月

2

防波堤上第一座燈塔發出閃光一道，
作為其他燈塔閃光的前導——
激動而泣的水兵摘下了水兵帽，

他在布滿死亡的海域裡久久泅泳
他順著死亡而游，也逆著死亡而泳。

1944 年

3

勝利已在我們的門前佇立……
該如何迎接這一位期待已久的客人？
就讓女人把孩子高高舉起，
他們是數百萬死亡中倖存的奇蹟，
我們就如此款待等待許久的客人。

1945 年

憶友人

致魯達科夫[23]

而勝利日溫柔且多霧，
朝霞曙光紅豔如夕暮，
遲來的春天像個寡婦
無名戰士墓前不停忙碌。

23　魯達科夫（Сергей Б. Рудаков, 1909-1944），蘇聯詩人、文學評論者。
阿赫瑪托娃友人。1944 年 1 月 15 日魯達科夫死於戰爭前線。

她雙膝著地，不急著站起，
朝花苞輕送一口氣，再撫揉小草青青，
把蝴蝶從肩頭移放到地，
再吹飽第一朵蓬鬆的蒲公英。

　　　　1945 年 11 月 8 日

　　　　＊＊＊

右方的荒地四散分布，
伴隨霞光一道與天地同古，

左邊的街燈立如絞架。
一架、兩架、三架……

而所有人的頭頂上寒鴉嘎嘎叫
灰撲撲月亮的面容如死人枯槁
它的浮現任誰都不需要。

這是——不再重蹈這種或那種的生活，
這是——黃金世紀到來不再是疑惑，

這是——戰鬥就要結束交鋒，

阿赫瑪托娃，1915 年，皇村，攝於畫家卡爾多夫斯基（Д. Н. Кардовский）家的陽台，卡爾多夫斯卡雅攝。

但我永遠不會遺忘，
　　直到死前的一刻，
鬱鬱蔥蔥的喬木樹蔭下
　　流水淙淙給我的快樂。
粉桃綻放，三色堇花開如霧
　　馥郁更馨香。

　　　　──〈我迎接第三個春天……〉

插圖：丘語晨

這是──我與你就要相逢。

1944 年 4 月 29 日，塔什干

天頂的月亮

致加琳娜‧赫魯斯[24]

1

入睡時如傷心的女人哀怨，
甦醒時如熱戀的女人絕豔，
花紅媚曼，滿園罌粟入眼。
某種力量信念
在今天，
黑暗呀，步入了你的聖殿！
小院裡曼加[25]熱火燒炙，
你的燻煙聞來焦苦如斯
你的楊樹長得高壯至此……
一千零一夜的雪赫拉莎德[26]

24　加琳娜‧赫魯斯（Галина Герус, 1906-1991），文藝學者、譯者，作
　　曲家科茲洛夫斯基之妻。
25　中亞地區多數人家會在庭院裡擺放一種叫做曼加（мангал）的燒烤架。
26　《一千零一夜》中波斯國王的王后，也是其中故事的說書人。

正從花園裡走來這⋯⋯

東方，這就是你獨有的魅色！

1942 年 5 月，塔什干

2

這是從列寧格勒驚懼的廣場，

還是從無憂無慮的忘川平原，

你[27]為我捎來這一片清涼颯爽，

還用白楊妝點牆垣，

又讓無以計數的亞細亞星光

在我哀愁夜空上鋪展繾綣？

1942 年 3 月，塔什干

3

一切將再次回來找我：

火烤的夜晚與燠熱後的懶洋洋

（亞洲彷彿在夢境中囈語喃喃），

哈里瑪[28]的夜鶯啼唱，

27　指阿赫瑪托娃的追求者迦爾洵。

28　指哈里瑪・納西羅娃 (Халима Насырова)，烏茲別克女歌手。

聖經水仙花的綻放連連，
而看不見的祝福沙沙作響
如風吹簌簌在整個國境傳遍。

1943 年 12 月 10 日，塔什干

4

而記憶就像幾何花紋的組合：
無所不知的花白唇鬚邊一抹微笑從容，
墓碑上雕刻頭巾纏繞的高貴皺褶，
還有王者氣勢的侏儒石榴叢。

1944 年，塔什干

5

我迎接第三個春天
　　　遠離著列寧格勒。
第三個？但我感覺，這春天
　　　會是最後一個。
但我永遠不會遺忘，
　　　直到死前的一刻，
鬱鬱蔥蔥的喬木樹蔭下

流水淙淙給我的快樂。
粉桃綻放，三色菫花開如霧
馥郁更馨香。
誰能對我說，此處於我
只是異域他鄉？！

1944 — 1945 年

6

我已七百年不曾來到此處，
可是這裡仍一切如舊……
上帝的奶泉仍然奔流
沿著高峰危壁飛洩傾注。

仍是那群星與溪澗的唱和，
天頂的蒼穹仍是那般黑漆，
而風仍舊攜來種子穀粒，
母親依然唱著那一首歌。

我的亞洲屋宇，它堅固穩定，
無需為它擔驚害怕……
我會再次歸返。那繁花，那籬笆，

那一方淨水池塘，願常年滿盈。

1944 年 5 月 5 日，塔什干

7. 月亮現身

致科茲洛夫斯基 [29]

從珍珠母貝與瑪瑙雲，
從煙霧彌漫的玻璃窗鏡，
月亮出其不意地斜仰升臨，
又這般盛大地漂浮天境——
彷彿《月光奏鳴曲》[30] 的樂音
瞬間為我們劈開一條路徑。

1944 年 5 月，塔什干

8

〈致科茲洛夫斯基〉

食堂裡長椅、長桌加窗牖，
窗外銀月大又圓。

29　科茲洛夫斯基（Алексей Козловский, 1905-1977），蘇聯作曲家，阿赫瑪托娃的好友，他將詩人若干首詩譜成了曲。

30　貝多芬第 14 號鋼琴奏鳴曲，作品 27 之 2。這是阿赫瑪托娃最愛的一首曲子，詩人藉此暗示即將離開塔什干。

我們啜飲咖啡與紅酒，

叨叨絮絮醉語話音樂。

　　　一切平等無分新舊……

樹枝條抽著新芽在牆垣。

顛沛中甘味嚐來苦辣萬分，

卻也是無法忘懷的甜蜜。

這葡萄乾果之鄉給予了我們

一方平靜的棲身之地。

　　　　　1943 年 5 月，塔什干，屋頂加蓋房

又一首抒情的離題插敘

整個天空都是紅褐斑鳩，

窗上的鐵欄杆——散發伊斯蘭後宮幽晦……

一個主題在膨脹，如含苞未開的蓓蕾。

沒有妳 [31] 我離開找不到理由——

妳這個逃家女、亡命人、敘事詩囚妃。

但飛行途中我一定會想起，

群芳競豔中塔什干的花開燦爛，

31　指阿赫瑪托娃的創作《沒有主角的敘事詩》，俄文中「敘事詩」（поэма）
　　一詞是陰性，詩人以擬人化的「妳」稱之。

整個城市為白花環抱如火欲燃，

灼熱、濃郁、奧妙奇異，

不可思議如夢似幻……

這是發生在那該死的一年，

當菲菲小姐[32] 又再度

蠻橫耍賴，如一八七〇那年。

而霞光絢如火焰噴發的日暮

我在日暮下翻譯呂特菲詩篇[33]。

而蘋果樹，上帝，原諒它們痴纏，

彷彿期待著婚禮，渾身發作愛的抖顫。

今日阿里克[34] 溝渠水流潺潺，

它正用當地話語低聲喃喃。

而我又處在歌吟前的憂煩

將奇數[35] 寫下並親筆落款。

我的敘事詩已經可以窺見

32　指莫泊桑的短篇小說〈菲菲小姐〉（Mademoiselle Fifi）。

33　呂特菲（Лютфи, 約 1366-1465），中世紀烏茲別克抒情詩人，用查加泰語（古烏茲別克語）寫作。

34　「阿里克」為烏茲別克語的溝渠。

35　「奇數」（Нечет）是阿赫瑪托娃的新詩集計畫。

一半的樣貌。她³⁶那裡沁涼一片，

彷若置身在香氣薰染的暗屋之中，

又為了隔熱而緊閉窗軒，

詩裡目前尚無主角人選，

只有罌粟花灑滿了一屋頂血染的殷紅……

1943 年 11 月 8 日，塔什干，屋頂加蓋房

死亡

I

我曾到過某處邊界，

那邊界的名稱從不確切……

止不住的愛睏連連，

身子裡的我溜走不見……

1942 年 8 月，究爾明³⁷

II

而我已經站在路口要前往那地方，

那地方人人到得了，只是代價各不同……

36　指《沒有主角的敘事詩》。

37　究爾明（Дюрмень），克里米亞半島上一個村莊的名稱。

這艘船上有我的一間房艙、
滿帆的風，還有我與故鄉
離別時刻的苦痛。

1942 年 8 月，究爾明

III

這是我生病時住過的房，
這是我最後一次臥病塵世間。
房間彷彿張開兩腳支在林蔭道上
兩旁夾道的白楊樹高聳參天。
而第一棵樹，最主要的領頭者，
這一位全權的專制者，
當他[38] 一迎風招展，歡欣雀躍，
身影飛掠過我幽暗的小窗，
我的心便隨之騰飛，迎接陽光，
並將死亡之夢跨越。

1944 年 1 月，塔什干

＊＊＊

38　指「楊樹」（тополь），俄文此詞為陽性，以代詞「他」稱之。

明月彎彎如一片查爾朱香瓜

斜倚窗沿，四周為熱氣籠罩，

門扉緊掩，整座房如中魔法

為藍藤的輕枝盈條環抱，

可陶土杯裡水清如冽，

而毛巾潔白似雪，還有蠟燭一小截——

燭火熒熒燃燒，如童年之時，招引飛蛾不歇，

寂靜自顧自地喧鬧，將我的話語淹沒——

此時從林布蘭畫布的黑暗角落

某個東西如煙霧般忽地冒出，旋即消失無蹤，

我的心跳沒有加劇，甚至無半點驚恐……

這方天地裡寂寞已將我俘獲入網間。

主人家的黑貓定睛注視，如百年之眼，

而鏡中人連幫助我也不願。

我還是會甜蜜入睡。夜，祝好夢酣然。

> 1944 年 3 月 28 日，塔什干，屋頂加蓋房

***

亞洲，這是你的猞猁之眼 [39]，

39　猞猁（рысь）為中型貓科夜行動物，分布於西歐至亞洲，喜歡在多岩的
　　林中棲息。

在我身上搜羅出某個牽連，

激發出某個潛藏的想念，

它從寂靜中誕生繁衍，

它渴望又苦悶，它承受萬般熬煎，

像泰爾梅茲⁴⁰正午時分熾熱的烤煉。

滾燙岩漿的原始記憶

匯流進意識的內裡，

彷彿我從他人掌中的紋記

啜飲著自己的悲泣。

1945 年

塔什干繁花盛開

1

彷彿是依著誰的指令，

城市剎那間變得明亮燦爛——

那春天依著白色魅影

輕飄飄走進各家院落。

白花氣息清晰勝過詞語，

---

40 泰爾梅茲（Термез）是烏茲別克的農業城市，位在烏茲別克與阿富汗邊
境的阿姆河北岸。唐朝玄奘在《大唐西域記》裡稱之為呾蜜國。

可是它們的同貌之影卻注定

在火焰藍的天空下遭遇

倒映溝渠底的宿命。

2

我會記得星辰之家，

它在永恆榮光中閃耀

在小巴朗楚克 [41] 身上映照

在綁著黑髮辮的母親

那雙年輕的手上閃耀。

1944 年

自飛機上

1

距離數百俄里，距離數百英哩，[42]

距離數百公里

一整片鹽湖綿延，針葉翻浪喧嚷

41　巴朗楚克（баранчук），烏茲別克語，小男孩。

42　一俄里等於 1.067 公里；一英哩等於 1.609 公里。

小雪松林間鬱鬱蒼蒼。
我觀看祖國故土，
像第一次看到它的模樣。
我明白：這是我的全部——
我的身體和我的心房。

2

當我為勝利歌唱，
我用白石將那日紀念[43]，
當我要逐日飛航，
就是為迎接勝仗。

3

春日機場的小草青了
在腳邊摩挲窸窸窣窣。
回家了，回家了，已經回家了！
一切如新，一切如故，
心頭還是那股慵懶的疲倦

43　此典故出自拉丁語：「Albo dies notanda lapillo.」——古羅馬人在幸
福的日子會以白石紀念。

腦中一陣甜蜜的暈眩……

五月春雷的一聲轟隆清顯——

勝利者莫斯科破雲乍現！

1944 年 5 月 14 日，塔什干—莫斯科

新居

1. 女主人

致布爾加科娃[44]

一位女巫[45] 在我之前

就住在這間正房裡：

她的影子還隱約得見

在每一次新月的前夕，

她的影子在高高的門檻邊

也依然停留佇立，

而且她盯著我的臉

眼神閃躲又嚴厲。

我這人可不這麼隨意

44　伊蓮娜‧布爾加科娃（Елена С. Булгакова, 1893-1970），作家布爾
　　加科夫的遺孀。

45　指伊蓮娜‧布爾加科娃，她是小說《大師與瑪格麗特》中女主角的原型。

屈服於他人魔法的威力，

還正巧，我本身就是那萬中選一……

　　　　但話說回來，我怎會輕易

洩漏自己的祕密。

1943 年 8 月 5 日，塔什干，屋頂加蓋房

2. 客人

　　　「……你真是醉得一身荒唐，

是時候該要 nach Hause[46]……」

越見衰老的唐璜[47]

以及再次回春的 Faust[48]

兩人相遇在我家門前——

一個從小酒館趕來，另一個剛與情人會

過面！……

還是說，這根本只是樹枝條

在黑風中的擺搖，

又或是綠魔法作用下的月光傾瀉，

46　「nach Hause」，德語，回家。

47　唐璜，西班牙民間傳說人物，好色風流，是一個歷久不衰的文學人物。

48　「Faust」，德語，歌德的悲劇《浮士德》中的男主角。本詩第二、四行
　　保留德文以押尾韻。

如毒藥潑撒，而說到底就是──

這一切怎會與我的兩位舊識

竟能如此令人厭惡的相似？

1943 年 11 月 11 日，塔什干

3. 背叛

不是因為鏡子被打破，

不是因為風在煙囪裡嘶吼，

不是因為對於你的念頭已默默

有其他東西滲透──

不是因為，完全不是因為那一剎那的錯，

讓我在門前遇見了他的經過。

1944 年 2 月 27 日，塔什干

4. 相會

就像一首可怕的歌曲裡

會有一段輕快的副歌──

他[49] 踏上搖搖欲墜的階梯，

將離別攻克。

49　指副歌（припев），該詞俄文是陽性，以代詞「他」來指稱。

不是我去找他，而是他來到我面前——

鴿子停在窗扉前……

院子纏在常春藤裡，而你裹在風衣間

　　　都是依著我的絮絮咒語。

不是他來找我，而是我向他走去——

　　　我走向黑暗，

　　　　　走向黑暗，

　　　　　　　走向黑暗。

　　　1943 年 10 月 16 日，塔什干，屋頂加蓋房

四行詩系列

戰爭算什麼？瘟疫又算什麼？——它們將臨的

　　　　　　末日清清楚楚，

它們的判決已呼之欲出……

但是誰又能保護我們免於

那名為時間的奔馳的恐懼？

　　　1961 年 6 月 10 日，科馬羅沃

＊＊＊

每棵樹上都有受難的天主，

每株麥穗都有基督的身體，

禱告時聖潔話語的傾訴

治癒疼痛的肉體。

1946 年

致詩歌

你們在荊棘路上領頭前行，

如流星劃破黑暗幽冥

你們是痛苦，也是謊言虛偽，

獨獨不曾是——安慰。

（1960 年代）

惡魔[50] 的終站

就像我們弗盧貝爾[51] 那般靈感勃發，

月光將惡魔的側臉輕輕勾勒。

而怡然自得的風則透露了

50　指萊蒙托夫（Михаил Лермонтов, 1814-1841）敘事詩《惡魔》
　　（Демон）裡的男主角。

51　弗盧貝爾（Михаил Врубель, 1856-1910），俄國畫家，曾為萊蒙托夫
　　敘事詩《惡魔》作插畫。

萊蒙托夫隱瞞未說的密碼。

1961 年 3 月 1 日，紅色騎兵街

＊＊＊

當我啜飲這杯火辣辣的酷暑，
內心對一切已無所求……
《奧涅金》這座輕飄飄的龐然巨物，
似一雲朵，常駐我心頭。

1962 年 4 月 14 日，列寧格勒

＊＊＊

眼神熾熱過火
還有愛神列爾[52]的冷笑一抹……
四月的第一日，
不要想騙我！

1963 年 3 月 31 日

＊＊＊

---

52 列爾 (Лель)，古斯拉夫神話中的人物，類似羅馬神話中的邱比特。

……就為這穿堂風的一條忽
思緒、情感全部匿跡消蹤。
即便是永恆的藝術
今日多少也都輕裝簡從！

1943 年，塔什干

名字

韃靼之名[53]，十足十的純粹
來源出處無可靡追，
總是招引災難尾隨，
它本身即是災難倒霉。

1958 年夏，科馬羅沃

＊＊＊

它既貧瘠又富裕，
那顆心……把寶藏藏好！
你幹嘛犯錯似的沉默不語？
不然我眼睛怎會看得到。

1910 年代

---

53 指阿赫瑪托娃這個筆名源自外曾祖母這方具有韃靼血統的姓氏。

***

榮耀如天鵝悠游
自在地穿梭金色霧網。
而妳呀，愛情，恆常持久
始終是我的絕望。

1910 年代

***

我不會再為自己哭泣，
但我也不願看到世上
挫折的金色印記
烙在依然安逸的額上。

1962 年 6 月 13 日，列寧格勒

***

為這麼個三流詩的把戲，
說穿了來看，

我還寧願期待書記 [54]
射來的一顆鉛彈

　　　　1937 年

三秋

夏日的微笑我怎麼聽也不明瞭，
冬日的祕密我怎麼找也找不著，
可是我對一年三秋的觀察
卻幾乎毫釐無差。

第一秋是節慶般熱鬧的雜亂無序，
故意和前腳離去的夏日作對，
落葉紛紛，像撕碎的筆記本漫天飛絮，
霧氣滿盈，聞來似乳香一般甜美，
景物總歸是溼潤斑斕，卻又清晰明媚。

而帶頭翩翩起舞的是白樺，
忙披上疏朗透光的新衣裳，
更急著將短暫的淚雨溼滑
落抖在離笆後的鄰居身上。

54　此處指史達林（1879-1953），時任中央組織局總書記。

但這只是故事開始的最初。
才一秒，僅一分——就一個倏忽
第二秋已到來，如良心蕭瑟冷淡，
如空襲陰沉黑暗。

萬物一夕間盡顯蒼老無趣，
夏日愜意被劫奪一空，
但黃金號角的遠方進行曲
仍悠悠飄蕩在馥郁煙嵐中⋯⋯

焚香薰染的寒氣一陣陣襲來
高遠大穹已完全隱沒，
狂風怒號，眼前一片空曠——這一來
所有人立即明白：戲已來到最末，
而這並非第三秋，卻是死亡到來。

　　　　　1943 年秋，塔什干，屋頂加蓋房

在斯摩棱斯克墓園 55

所有我碰巧在塵世得遇的人都長眠此處⋯⋯

55　位於彼得堡瓦西里島上的一個貴族墓園。

你們哪，是上個世紀枯老的作物。

……………………………………………[56]

是呀，一切都在此處了結：多儂餐廳[57] 的午宴，

陰謀算計和升官進爵，還有芭蕾，金流往來不知累……

破舊的墳墓基座上刻著貴族冠冕

而紅褐色的小天使流著乾涸的淚。

……………………………………………

東方仍以未被認知的空間蟄伏，

並自遠方隆隆作響，像威嚇十足的敵陣，

自西方吹來維多利亞時期的傲慢與自負，

五彩灑花四散紛飛，康康舞嘶吼叫陣……

1942 年 8 月，究爾明

科洛姆納[58] 近郊

致舍爾溫斯基[59] 一家

……在那高聳的四爪上

56　此處及書中其他的連續刪節號指詩句佚失。

57　多儂餐廳，開設於 1849 年，以創始者命名，是貴族名流時常造訪的場所，以高級料理、羅馬尼亞樂隊、優質服務（全由韃靼人組成）聞名於世。

58　科洛姆納（Коломна）是莫斯科州南方的一座古城，位於莫斯科河和奧卡河交匯處。

59　舍爾溫斯基（Сергей Шервинский, 1892-1991），詩人、翻譯家。

響亮的鐘樓自兩側

拔地而起，那裡的草地薄荷香氣散放，

罌粟花在紅色瓣帽裡微笑歡暢，

而緩緩流淌的是莫斯科河——

整座城都是原木、薄板，呈圓弧形……

沙漏將時間鐘點的整整一分

精確無誤地篩出。這座花園

繁茂更勝所有庭園和森林，

而自灰藍雲朵間古老的太陽探出頭

高臨在這座花園上，如臨無底的險陡，

它久久的凝視專注又溫柔。

1943 年 9 月 1 日，塔什干

＊＊＊

所有愛人的心都已在高遠星宿上 [60]。

可以失去某人，還可以為此哭泣，

這是多麼美好。皇村的空氣

就是為此創造，為將詩歌反覆吟唱。

60　這是阿赫瑪托娃紀念第一任丈夫尼古拉·古密略夫的詩，寫於 1921 年，
　　即古密略夫遭到槍決的那年，但為了避開審查，所有阿赫瑪托娃生前的
　　出版品中這首詩皆標示 1941 或 1944 年寫。

河岸邊銀柳輕輕

撫觸九月的波光瀲灩。

擺脫了往日舊事，影子靜靜

來到我的面前。

柳枝條上懸掛的詩琴不知幾多。

留給我詩琴的位置似乎也獲得應允。

這太陽雨一點一滴地稀疏飄落，

那是捎給我的慰藉和喜訊。

1921 年秋，皇村

二週年紀念 [61]

不，我不是為它們哭泣。

它們早已自內熔鑄成形。

而所有發生在眼前的事情

早就沒有它們，一直沒有。

沒有它們的遺憾與離別的痛苦

久久折磨我，緊緊將我勒住。

61　指詩人戰後自疏散地塔什干返回列寧格勒，隨即與迦爾洵分手的第二年。

它們早已滲透進血液──而燃燒的鹽
會將它們冷卻、烘乾。

但我以為：在一九四四年，
而且可不就在六月的第一日，
在磨損的絹帛上顯現
你那「飽經痛苦的幽影」[62]。

印記還留在所有事物上，
那巨大的苦難，不久前的災禍動盪──
而穿過最後的淚水彩虹
我最終看到了自己的故城。

　　　　　　1946 年 5 月 31 日，列寧格勒

62　語出自普希金的詩體小說《葉夫根尼‧奧涅金》第 6 章第 37 節。

最後一次返回 [63]

> 我有路一條：
> 從窗邊到門邊。
> 　　　歌（嘉爾金 [64]）

一日復一日——這樣又那樣

日子過得彷彿波瀾不驚，

平淡又無奇——而穿過所有的又這又那

孤獨已逐漸顯露身影。

它身上沾染了煙草味、

鼠騷味、大口木箱打開後的霉味，

而且它還被毒氣煙霧

給團團圍裹住……

　　　　1944 年夏，列寧格勒，噴泉屋

肖像上的題詞

　　　　致塔吉雅娜・維切斯拉娃 [65]

63　阿赫瑪托娃於 1944 年 5 月從塔什干返回列寧格勒，原以為迦爾洵會與
　　她共組新家，但希望落空，她與迦爾洵發生爭吵，並與他徹底決裂，同
　　年 8 月阿赫瑪托娃再度搬回到噴泉屋。

64　嘉爾金（Самуил З. Галкин, 1897-1960），猶太詩人，阿赫瑪托娃翻
　　譯過他的詩歌。

65　塔吉雅娜・維切斯拉娃（Татьяна М. Вячеслава, 1910-1990），俄國
　　著名的芭蕾舞女伶。

圓月夜幕下重煙鎖霧域，

白色大理石人像隱身林蔭暗影，

致命的女孩，飛舞的女伶，

浮雕寶石中最出色的美女。

人們總為她們蒙災而死，

成吉思汗為這樣的她派遣特使，

正是這樣的她將血染的圓盤托在手

帶來施洗者約翰的人頭。

1946 年 7 月，噴泉屋

CINQUE[66]

Autant que toi sans doute il te sera fidèle,

Et constant jusques à la mort.[67]

Charles Baudelaire

1

彷彿依偎著天邊的雲，

你的話語我戀戀在心，

---

66 即數字「五」，拉丁語。

67 引自波特萊爾（Charles Baudelaire, 1821-1867）的詩〈烈女〉（Une Martyre）第 49 和 50 句：「就像妳一樣，他無疑會對妳忠實、堅貞，至死不渝。」

而你因我的傾訴無保留
夜晚的明亮勝過白晝。

我們倆走得如此高渺，
如天上星辰，脫離地表。

不是絕望，也非羞恥，
不是現在，也非之後，更非當時。

而是鮮活的真實之際，
你會聽到我呼喚你。

而那扇門被你輕輕開啟，
我卻已無力將它關閉。

1945 年 11 月 26 日

2

聲音在太空中燃盡軌跡
而朝霞偽裝成黑夜幽陰。
在永恆的喑啞世界裡

只剩你和我兩個聲音。
乘著看不見的拉多加湖冷風，
穿過隱約聽聞的教堂鐘聲，
我們深夜的交談幻化為
彩虹交會時一抹輕盈的光輝。

1945 年 12 月 20 日

3

我從以前就不喜
旁人對我的同情，
可是有你的一點憐惜，
我走在路上，體內似有暖陽駐停。
朝霞也亦步亦趨，將我環抱。
我走在路上，奇蹟不斷創造，
而這就是為什麼！

1945 年 12 月 20 日

4

你自己明白，我不會浮誇
我倆相遇那日的苦澀。

要留下什麼讓你記掛？
我的影子？影子於你還有何牽扯？
或是一齣獻身給烈焰火焚，
連灰燼也沒有留下的劇本？
還是一幅懷揣離家的異想
忽地走出畫框的恐怖新年肖像？
或是好不容易才聽到的一聲
樺木燒焦時發出的嗶剝聲，
還是一段來不及讓我盡興
說到底的，關於別人的愛情？

1946 年 1 月 6 日

5

我們不曾呼吸催夢的罌粟，
也就無從知道自身的罪過。
是按照什麼樣的命盤星座
我們讓自己生來這般痛苦？
伸手不見五指的一月陰幽
給我們熬出什麼樣難忍的湯粥？
天亮之前讓我們走入瘋狂
又是什麼樣看不見的反光？

1946 年 1 月 11 日

薔薇花開
（摘自焚毀的筆記本）

And thou art distant in humanity.[68]
Keats

取代了節日的祝福，

這風，冷冽又嚴酷，

它帶給您的只是腐爛的氣味、

菸蒂的餘溫，還有一首首詩歌的澀苦，

由我的手親自熬煨。

1961 年 12 月 24 日，列寧格勒

1. 焚毀的筆記本

書架上妳幸運的姊妹[69]

正在搔首弄姿送秋波，

妳的上方是星群殘點餘輝

而下方是熾熱的篝火。

68　意為「而你卻是遠遠的，處於人世中」（查良錚譯。洪範，2002 年）。
　　該題詩取自濟慈（John Keats, 1795-1823）的敘事詩《伊莎貝拉或羅勒
　　花盆》中的第 39 節。阿赫瑪托娃非常喜愛濟慈的詩。

69　「妳」指「筆記本」(тетрадь)，「姊妹」可能指「書」或其他「筆記本」，
　　兩者在俄語中都是陰性詞。1949 年阿赫瑪托娃的兒子列夫被捕，她燒掉
　　所有的個人檔案和筆記。

妳苦苦哀求，妳對生活那麼企盼，
妳對嗆鼻的火舌那麼害怕！
忽然間妳的身體猛烈一顫，
迸裂的聲音消散前是對我的咒罵。
松木林立即齊聲沙沙大作，
身影倒映在月溶流水深處。
而聖潔的春神姊妹圍繞著篝火，
跳起了墳墓前的環圈之舞[70]。

1961 年

2. 真實

讓時間走開，叫空間讓位，
我看到一切穿過白夜的畫魅：
你房間桌上水晶瓶裡一枝水仙、
香爇上一縷藍色輕煙，
還有清潭似的一面鏡，
能立即將你的身影倒映。
讓時間走開，叫空間讓位……
但就算是你也無法將我安慰。

1946 年 6 月 13 日

70　斯拉夫民族傳統舞蹈，眾人手拉手圍成圓圈唱歌跳舞。

明月彎彎如一片查爾朱香瓜
斜倚窗沿，四周為熱氣籠罩，
門扉緊掩，整座房如中魔法
為藍藤的輕枝盈條環抱，
可陶土杯裡水清如冽，
而毛巾潔白似雪，還有蠟燭一小截……

—— 〈明月彎彎如一片查爾朱香瓜……〉

插圖：丘語晨

阿赫瑪托娃，1922 年，彼得格勒，納
佩爾鮑姆（M. Nappelbaum）攝。

3. 夢中

黑色的堅固離愁，

我把它視為是你。

你為何哭泣？不如給我你的手，

並承諾再次入我夢裡。

我和你像是山與山的無緣相逢……

我和你已是今生的再會無由。

但求偶爾在夜闌人靜中

你會透過星辰向我投以問候。

1946 年

4. 第一首小情歌

神祕的不見之見 [71]

虛幻的浮影盛筵，

沒有說出的思念，

沉默的無聲發言。

沒有交會的眼神

不知該落向何處。

---

71 1956 年柏林再次來到蘇聯，要求與阿赫瑪托娃見面，但遭到詩人婉拒，
    由此產生「不見之見」的主題。

只有眼淚最歡欣
可以久久地滴訴。
莫斯科近郊的薔薇，
唉，這又干卿底事……
人們偏偏將這稱為
不死的愛情故事。

1956 年 12 月 5 日

5. 另一首小情歌

未說出口的舊話
我不再贅述重唸，
我種下一朵薔薇花
紀念那次的不相見。
我們相遇的奇蹟
仍在那裡閃耀歡唱，
我卻不想從那裡
返回到任何地方。
用幸福把責任替換
曾是我苦澀的樂趣，
對不該說話的人傾談
卻談得這麼悠悠絮絮。

就讓激情去折磨戀人，

只為索求答案，

而我們，親愛的，只是兩顆心

分離在世界的邊緣。

1956 年

6. 夢

仙境之夢果真如此甜美？[72]
布洛克

這夢是預言，或非預言……

火星在宇宙群星之間釋放異彩，

它變得腥紅、閃爍，又凶險——

我在那個夜裡夢見你到來。

它無所不在……在巴哈的夏康舞曲裡[73]，

在玫瑰花叢中，而玫瑰只是徒然綻放，

它在鄉間鐘樓叮叮噹的鐘聲裡，

而鐘聲響在翻犁過的黑土上。

72　題詩取自布洛克的詩〈指揮官的腳步〉。

73　《夏康舞曲》（Chaconne），指巴哈的無伴奏小提琴奏鳴曲與組曲當中的第 2 號無伴奏小提琴曲（作品 1004 號）。

它在秋天跟著夏天的腳步裡，

而秋天像想起了什麼，忽然又匿了蹤跡。

噢，我的八月，你怎能在這可怕的週年紀 74

回贈給我這樣的消息 75 ！

我該如何回報這份慷慨的厚禮？

我該去那裡，又該和誰一起慶祝？

我決定要和從前一樣不改不塗，

將詩寫入我焚毀的筆記裡。

1956 年 8 月 14 日，科洛姆納近郊

7

沿著那條路，頓斯科伊 76

曾率軍與敵人慘烈拚鬥，

此處的風依然記得舊仇，

此處的月澄黃且帶彎鉤，

我沿此路行走，像潛行在深深海底……

74　「週年紀」指 1946 年的〈決議〉事件之後的十年。

75　指的是柏林在 1956 年又再次前往蘇聯的消息。

76　頓斯科伊，意為「頓河的」，是莫斯科公國時期的王公德米特里
　　（Дмитрий Донской, 1359-1380）的稱號。

薔薇綻放得如此馨香，

甚至轉化為詞語飛翔，

而我也準備好要迎向

我命運裡的九級風浪[77]。

1956 年（8 月 20-23 日），科洛姆納近郊

8

世界上沒有這樣的人——是你將我虛構。

這樣的人世界上不可能有。

沒有醫生能把你治癒，詩人也不能夠

但是上帝可以幫助你對我罷休。

我和你相遇的那年太不可思議[78]，

當世界的力量已經窮乏，

所有事物只能哀悼，為痛苦而垂頭喪氣，

只有墳墓顯得煥然勃發。

熄了燈的涅瓦河墨浪黑如焦油，

落下黑幕的夜銅牆鐵壁般駐守……

此時我的聲音向你呼求！

77　此處的「九級風浪」可能是畫家艾瓦佐夫斯基（И. Айвазовский）的
　　油畫作品《九級浪》（Девятый вал）所帶來的靈感。

78　指二戰結束之年（1945）恰是阿赫瑪托娃與柏林見面的一年。

為何如此——自己也說不清緣由。

而你前來找我，好似由星星領路，

踏著悲劇秋天的霜露，

你來到那一間「永遠人去樓空的屋宇」[79]，

自那裡瞬間飛出一群遭烈焰焚身的詩句。

1956 年 8 月 18 日，斯塔爾基

9. 碎鏡中

我聽到無法複述的話語

在那一夜的繁星點點如絢，

我頭暈目眩亂了思緒，

身體如空懸烈焰深淵。

而死亡盤旋門外切切哀嚎，

黑漆漆庭院厲聲嘯叫似鴟鴉，

城市此刻死氣沉沉，

古舊遠勝特洛伊城……

清晰得可怕的那一刻時分

彷彿鉦鏦嘎響得我淚如雨洗。

你交給我的不是原先那一份，

79　引自詩人寫於 1922 年的詩〈致許多人〉當中的一句：「我那永遠人去樓空的屋宇」。

從遠方攜帶過來的贈禮。

原來它只是你在那個熾熱之夜

一個無甚意義的消遣。

它曾贏得世界的榮光關切，

它曾是挑戰**命運**的威脅。

它是我所有不幸的前奏曲——

我們不會再將它回憶……

而那未能實現的相遇[80]

仍在角落裡嚶嚶哭泣。

1956 年

10

> 妳又來陪我了，秋天老友！
> 安年斯基[81]

就讓那人待在南方

在天堂花園裡享受風和日麗。

此處確實太過北方——

而且今年我選擇與秋天相依。

---

80 指 1956 年阿赫瑪托娃拒絕與柏林見面，因為擔心自己剛從流放地回來的兒子列夫會再次受到牽連。

81 安年斯基（И. Ф. Анненский, 1855-1909），俄國詩人、古典語言學者及教育家，曾任皇村中學校長，翻譯過希臘悲劇大師歐里庇得斯著作。

我住在一間曾經夢到過的陌生屋子，
那裡的我似乎已經死去不會再醒，
而蘇歐米人[82]好像在偷偷看鏡子，
鏡子裡面卻空無倒影。

我走在低矮漆黑的雲杉林之間，
那裡的帚石楠身姿傾斜如風濤，
而朦朧泛光的黯月碎片，
好似一把缺了口的芬蘭老鋸刀。

我把幸福的記憶攜來此地
那是與你最後的不見之見——
冰冷、純淨又輕盈的火焰
是我挑戰命運的凱旋勝利。

　　　　　1956 年秋，科馬羅沃

82　蘇歐米（Suomi），芬蘭語的芬蘭。

11

> 我違背妳的意志，女王，也拋棄妳的海岸。
> 《埃涅阿斯紀》，第六卷 [83]

別怕，我現在還更擅長

引經據典讓我們倆來效仿。

你是幻影，或是過客，都無妨，

我基於某種理由將你影子珍藏。

你作我的埃涅阿斯時間並不長，

我用火葬台結束這段兒女情長。[84]

我倆都懂得保持沉默不提對方。

而你早就把我被詛咒的家遺忘。

你忘了，在恐懼和痛苦中無力地爭鬥，

穿過火焰向你伸出的那一雙手，

也忘了給罪孽的希望捎來一聲消息。

你不知道，人們早已將你原諒……

羅馬城已建，大隊船艦向前航，

83　《埃涅阿斯紀》古羅馬詩人維吉爾最重要的作品。

84　埃涅阿斯在特洛伊陷落前逃往義大利以圖建立羅馬城，途中於迦太基登
　　陸，與女王蒂朵短暫相戀，但宙斯和愛神卻派信使墨丘利提醒他繼續旅
　　程。埃涅阿斯離開迦太基，絕望的蒂朵修築了一座火葬台，最後自殺。

而諂媚和阿諛會持續吹捧你的勝利。

（1962 年）

12

你直接向我索求詩歌 [85]……
沒有它們你的日子仍可以照舊。
就讓血液裡連一公克也沒有
曾浸潤過它們哀傷的印刻。

我們燒掉難以實現的生活幻妄
那些黃金歲月和燦爛時光，
而深夜的星光也不再跟我們低語
關於在天上家園的相遇。

自我倆壯麗的愛情史詩裡
不斷滲出陣陣寒意，
就像我們在祕密的地下墓穴
讀到某些人名時混身戰慄而不自覺。

85　「你直接向我索求詩歌」這一句指的可能是詩人布羅茨基（Иосиф А. Бродский, 1940-1996）於 1962 年獻給阿赫瑪托娃的詩〈致阿赫瑪托娃〉，以及她對這首獻詩的回應。

不要去編造沒有盡頭的別離，

那時若能乾脆地———一擊斃命……

或許這世上就不會有人歷經

比我倆更長的分離。

1962 年，莫斯科

13

對人們而言，這將成為

維斯帕先[86]時代的流風哀愁。

而原本這———僅是一處傷口，

以及其上一朵痛苦的雲的依偎。

1964 年 12 月 18 日，深夜，羅馬

＊＊＊

一個人徑直前進邁大步，

另一人繞著圈圈走，

他等著返回父親的舊屋，

86　維斯帕先（Titus Flavius Vespasianus, 9-79），羅馬皇帝。他是四帝之年的最後一位皇帝，結束了自尼祿皇帝死後，帝國十八個月的戰亂與紛擾情勢。維斯帕先十年的統治期間普遍獲得正面的評價。

也等待著昔日的女友。
而我一走起路，災難便跟在身後，
我非直行，也非打斜過，
卻哪裡也去不得，始終也不得走，
像一輛火車卡在斜坡。

　　　　1940 年

　　　　　＊＊＊

……而那個人 [87]，之於我內心的糾結，
現在什麼都不是，卻曾經是我悲喜的情懷，
也是痛苦歲月裡的慰藉——
他現在如幽靈一般在邊界徘徊，
躑躅在生命的後院與陌街，
他病得如此沉重，因瘋狂而昏呆，
還如狼一般齜牙裂嘴……
　　　　天哪，天哪，天哪！
我對你犯下多麼嚴重的罪！
請留給我即使一絲遺憾也好呀……

　　　　1945 年

87　指迦爾洵。

＊＊＊

她⁸⁸ 來了，結實累累的秋天！
她的到來有一點點延期。
而過去整整十五個神妙的春天
我全然不敢從地上站起。
我如此近距離地將她端詳，
依偎著她，將她擁抱入懷裡，
而她祕密地將神祕的力量
就這麼灌入我終將消亡的肉體裡。

1962 年 9 月 13 日，科馬羅沃

敘事詩將寄未寄之時 ⁸⁹

海邊勁風一陣掀過又一陣，
那一幢我倆未曾住過的房，
那棵珍貴雪杉的影痕
就落在它永遠緊閉的窗扉上⋯⋯
這世上總有一個人是你想要
將這些詩句寄予。就只是這樣！

88　指「秋天」，此詞俄文為陰性。
89　此處指的是《沒有主角的敘事詩》。

就讓雙唇苦澀地微笑，

而心跳再一次感到顫動。

1963 年，科馬羅沃

莫斯科三聯作 [90]

1. 幾乎算是紀念冊題詩

你一聽到雷聲就會回憶起我，

你會想：她曾渴望過一場雷雨⋯⋯

天空會布滿一片猩紅鬱鬱，

而心一如當時——燎燒如火。

這一切將在那個莫斯科之日發生，

那一日我將永遠把城市拋棄，

前往已經預約好時間的目的地，

而在你們之間我會留下我的身影。

（1961 年）

90　詩組標題的靈感應該源自於安年斯基《柏木匣》詩集當中的詩組「秋日
　　的三聯作」（Трилистник осенний）。

2. 無題

凜冽的莫斯科聖誕節日裡，
我們的離別在城市間漫溢，
您可能會在這裡讀到
離別之歌第一版的精要——
帶點驚訝的眼睛似在竊竊私語：
「什麼？什麼？難道已經？不可能！」——「當然！……」
整個聖誕節天空滿布松石綠
周圍一切幸福又純淨無染……

不，沒有人與人的別離
會是如此，而這是給我們的獎勵，
　　　獎勵我倆烈愛的壯舉。

　　　　　1963 年 12 月 12 日，莫斯科

3. 再一次舉杯

為你的信念舉杯！為我的忠貞乾杯，
為我倆該死的各分東西再敬一杯，
就讓我們永遠中魔如癡情種，
但讓世上再無更美妙的凜冬，

天空再無更繁複的十字紋樣，

沒有更輕盈的鎖鏈，也沒有更綿長的橋樑……

為一切終將消逝無聲，飄散如煙，

為我倆終不得相見，

為所有作過的夢我至今仍夜想日思，

即便通向那裡的大門已完全釘死。

　　　　1963 年

午夜之詩
（詩七首）

　　　　　　　　　　　　　只有鏡子夢著鏡子，
　　　　　　　　　　　　　寂靜守候著寂靜。
　　　　　　　　　　　　　〈錢幣背面〉[91]

代獻詩

我逐浪漫遊，也藏身深林，

我在純淨的琺瑯上忽顯忽沒，

承受別離或許我相當有本領，

然而與你的相見——卻毫無把握。

　　　　1963 年夏

91　題詩引自阿赫瑪托娃的《沒有主角的敘事詩》當中的第二部〈錢幣背面〉
　　第八節中的詩句。

1. 春來臨前之哀詩

... toi qui m'as console.[92]
Gérard de Nerval

松林間暴風雪已止息，

而寂靜，酒未飲已醺然神傷，

如歐菲莉亞[93]，獨自在那林裡

徹夜為我們歌唱。

而那人出現在我面前僅是剛才，

他與那寂靜已訂下了終身，

告別後，慷慨地留了下來，

他留下來要與我生死不離分。

　　　　1963 年 3 月 10 日，科馬羅沃

2. 第一次預示

其實，這與我們哪會有瓜葛，

即使一切化為灰燼，

92　題詩引自法國象徵派詩人奈瓦爾（Gérard de Nerval, 1808-1855）的
　　十四行詩〈不幸的人〉（El Desdichado）。

93　歐菲莉亞（Ophelia）是莎士比亞戲劇作品《哈姆雷特》中的女主角，
　　她在得知哈姆雷特殺了自己的父親之後便陷入瘋狂的狀態，滿口說著謎
　　語，並不斷唱著沒人聽得懂的歌。

即使多少次我腳懸深淵而歌，

又藏身於多少面妝鏡。

就算我不是夢，不是歡愉快活，

更不是什麼恩典美好，

然而你仍不得不想起我，

或許遠多於需要——

沉寂的詩句仍暗自鬧喧，

還有那隻眼睛，在它底部隱隱顯映

那一頂紅棕色荊棘冠冕

正處於自身不安翻湧前的平靜。

1963 年 6 月 6 日，莫斯科

3. 鏡中世界

哦，天神女王呀，妳擁有最富有的塞普勒斯
以及孟菲斯 [94]……
賀拉斯

美女年輕非常，

但並非來自我們這世紀，

我們不曾獨處——那第三位就在一旁，

從不留我倆單獨一對一。

94　出自賀拉斯（Quintus Horatius Flaccus, 65-8 BC）獻給愛神維納斯的
　　《歌集》（Carmina）第 III 卷 26 詩。

妳為她把安樂椅輕輕搖，
我大方和她分享花朵……
我們自己都不明白是在做什麼，
但恐懼加深在每分每秒。
我們知道彼此的罩門，
像囚犯離開了監獄，
卻掌握對方把柄。我們全都身在地獄，
而或許，這也不是我們。

1963 年 7 月 5 日，科馬羅沃

4. 十三行詩

而你終於把那詞語傾吐有聲，
但不是像那些人的方式……以單膝著地 ——
而是像俘虜擺脫枷鎖藩籬，
並透過忍不住流下的淚水彩虹，
看到白樺樹神聖的綠蔭濃。
寂靜圍繞在你身邊唱起歌謠，
黃昏閃耀如純淨的太陽，
而世界瞬間改變了模樣，
葡萄酒也奇怪地變了味道。
就連我，這個被迫擔綱

神聖詞語的謀殺者，

也幾乎心存敬畏地閉嘴訥澀，

只為把這無比幸福的生命繼續延長。

1963 年 8 月 8 — 12 日

5. 呼喚

(Arioso Dolente)
貝多芬作品 110 號 [95]

我小心翼翼把你的身影

隱藏在倒數第二首奏鳴曲 [96]。

噢！你呼喚得那麼焦慮，

你犯下的錯誤太致命，

你錯在靠我靠得太近，

即便是只有一眨眼的霎時……

你的夢想——是不曾存在的消失，

死亡在那裡也只是獻給寂靜的祭品。

1963 年 7 月 1 日

95　指貝多芬的降 A 大調第 31 號鋼琴奏鳴曲，「Arioso Dolente」是這首
　　樂曲第三樂章中一個段落的記號名稱，字面意義為：憂愁的似詠唱調。

96　這一句的概念源自貝多芬的第 31 號鋼琴奏鳴曲，它正好是作曲家 32 首
　　鋼琴奏鳴曲中的倒數第二首。

6. 夜訪

所有人都已離去，而且無人返回。[97]

你不會在落葉時節的柏油
　　馬路上等待太長。
我和你在韋瓦第的慢板之秋[98]
　　旋律中定把相逢再嚐。
再次變得暗淡暈黃的蠟燭
　　又會被夢詛咒，
但琴弓不會詢問，你是如何走入
　　我夜半的屋樓。
這半點鐘的時間旋即流逝
　　在死前無聲的哀泣裡，
而你在我掌心紋路的顯示
　　必讀出其中那同樣的奇蹟。
到那時你的憂慮愁悶，
　　確然會成為命數，
到那時它就會把你從我家大門
　　帶離到冰濤凍浪的沿岸處。

1963 年 9 月 10 — 13 日，科馬羅沃

97　出自阿赫瑪托娃的同名詩〈所有人都已離去，而且無人返回……〉。
98　指義大利作曲家韋瓦第（1680-1743）小提琴協奏曲《四季》中的〈秋〉。

7. 還有最後一次的……

曾經她[99]在我倆頭上方，像星星在海面上，
用光線尋找致命的九級浪，
你總叫她是災難和悲傷，
而以快樂稱呼卻是未嘗。

白日她在我倆面前飛旋如燕，
如微笑綻放在唇邊，
晚上卻以冰冷的一隻手將我們
同時一次勒斃。在不同的城市間。

任何的吹捧和讚美她都不聽，
輕易就遺忘所有犯過的罪愆，
將無眠的枕頭摺痕隨手撫平，
她繼續低喃那些該死的詩篇。

1963 年 7 月 23-25 日

99　整首詩裡阿赫瑪托娃未說出這個「她」所指為何，依據整組詩的內容來
　　看，相關的陰性名詞可能是「愛情」或「命運」。

代後記

在那個夢境編織之鄉，

對我倆而言——千夢萬境都無法饜足，

我們看見了一個夢，而力量

就蘊藏在其中，像春天到來的腳步。

1965 年 5 月 4 日

奇數

我們無法預知，
我們的詞語會是如何回應。
丘契夫

海濱十四行詩

這裡的一切都會活得比我久長，
一切，甚至是那些老舊的鳥屋，
還有這空氣，這春天的氣流水霧，
才剛完成一趟跨海的飛航。

永恆的聲音似不可拒抗
呼喚非此間的亡靈，
繁花如織的櫻桃樹叢頂
輕盈的月亮銀光流淌。

那條路隱約露白在濃蔭間，
看起來如此輕鬆不危艱，
但我不會透露它通向何方……

樹幹間那裡越來越透亮分明，
竟越發像是那一條林蔭小徑，
就位在皇村邊的湖畔旁。

1958 年 6 月 16 — 17 日，科馬羅沃

音樂

致蕭士塔高維奇 [100]

她 [101] 的身上有某種奇蹟燃燒，
她的視界不斷切割出稜角。
當其他人畏懼在我身邊停靠，
她獨自一人和我談心說笑。
當最後一位朋友移開眼眉，
她仍然留下在墓裡陪伴我，
還唱著歌，彷彿第一聲驚雷，
又好似繁花開口齊聲訴說。

1957 年－ 1958 年

片段

⋯⋯而我還以為，這火光
會和我一起翱翔到天亮，
可我卻辨不出——這奇怪的眸光，
它們的顏色是什麼模樣。

---

100 蕭士塔高維奇（Дмитрий Д. Шостакович, 1906-1975），俄國作曲
　　家。阿赫瑪托娃從 1930 年代起就一直關注著作曲家的作品，蕭士塔高
　　維奇的第七號交響曲（1941）是戰爭期間詩人的精神支柱。
101 音樂（музыка）一詞在俄文中是陰性，故以「她」稱之。

一切都在顫動，歌聲環繞在四周，

可我卻分不清──你是敵人還是朋友，

是凜冬還是盛夏驕陽。

1959 年（6 月 21 日）聖三一節，莫斯科

夏日庭園

我想去探望玫瑰，到那座獨一無二的花園，

那裡矗立著世界上最美的雕花鑄鐵圍欄，

那裡的雕像記得我年輕的模樣，

而我也保存它們沉睡在涅瓦河中的印象[102]。

壯觀的椴樹列隊散發寂靜的馨香

我在其中彷彿聽到船桅在嘎吱作響。

而天鵝仍一如往常，穿過世紀持續前游，

一邊欣賞自己倒影的美秀。

數十萬雜沓的步伐已復歸死寂

---

102 指 1924 年列寧格勒的一場大淹水，夏日庭園的雕像都泡在水裡。

不論是仇敵還是朋友，朋友還是仇敵。

而影子遊行隊伍綿延得看不到盡頭
從巨大的花崗岩瓶延伸到宮殿門口 [103]。

那裡我的白夜交頭接耳喁喁聲輕
正叨絮著某人崇高又私密的愛情。

這一切就如珍珠母和碧玉在閃爍發光
只是光線的源頭卻被神祕地隱藏。

1959 年 7 月 9 日，列寧格勒

＊＊＊

不要用可怕的命運恐嚇我
也無需用北方巨大的孤獨威脅。
今天這第一個紀念日屬於你和我，
這個紀念日就叫離別。
別難過，我們無法一起迎接晨曦，
而月亮也不在我倆頭上晃悠，
就在今日我要贈送給你

---

[103] 指夏日庭園通往米哈伊爾宮方向的出口。

這些禮物世上絕無僅有：
送給你我水中的倒影，
它倒映在夜河的不眠時刻；
送給你我的目光，儘管無助墜落的星星
重新返回天河。
我還要送你回聲，儘管它已疲憊，
但它也曾清新並充滿盛夏熱情——
它讓你聆聽烏鴉嘎嘎搬弄是非
在莫斯科近郊卻不會受凍成冰。
它讓十月霪雨霏霏的潮溼
變得比五月的清爽還甜美……
你就這樣來想我吧，我的天使，
直到初雪降落，你就這樣把我回味。

　　　1959 年 10 月 15 日，（莫斯科），雅羅斯拉夫公路上

致普希金市

還有皇村的庇護所……[104]

普希金

1

完全燒毀了，我的玩具小城[105]，

我失去了通往過去的那道孔隙。

那裡曾有個噴泉和幾張綠色長椅，

遠處是沙皇公園的龐然身影[106]。

謝肉節期間[107] ——煎餅、窪坑和芬蘭馬車伕[108]，

四月裡滿是泥土的氣味與爛腐，

還有第一次親吻的接觸……

（1944）年— 1945 年，噴泉屋

---

104 題詞引自普希金 1821 年的詩〈致恰達耶夫〉（К Чаадаеву）：「我
用歌吟宣揚嬉鬧和耍懶的藏身處，／還有皇村的庇護所」，庇護所指的
是皇村中學。普希金在此就學六年，是詩人靈感的來源，也是啟蒙阿赫
瑪托娃成為詩人的地點。

105 指皇村，蘇聯時期曾改名為普希金市兒童村；二戰時為德蘇作戰的衝突
邊緣，1941 年 9 月德軍轟炸此地，繼而將其占領，城市完全變成廢墟。

106 應指葉卡捷琳娜公園（內有葉卡捷琳娜宮），以及亞歷山大公園（內
有亞歷山大宮），皇村主要是由這兩個公園和宮殿所組成。

107 謝肉節 (Масленая неделя)，基督教進來之前稱送冬節，特色飲食是
油煎薄餅，是一個斯拉夫人從多神崇拜時期就流傳下來的傳統節慶，之
後與基督教的大齋習俗融合而被稱為謝肉節。

108 芬蘭馬車伕 (вейка)，指彼得堡舊時在謝肉節期間芬蘭馬車伕會用精心
裝飾的馬車載客繞城，這成為當地謝肉節期間獨有的特色職業。

薔薇綻放得如此馨香，
甚至轉化為詞語飛翔，
而我也準備好要迎向
我命運裡的九級風浪。

　　　　　——〈沿著那條路，頓斯科伊……〉

插圖：丘語晨

阿赫瑪托娃，約 1924 年，攝影者不明。

2

這柳樹的葉子在十九世紀凋萎，

是為了在詩行間閃耀百倍光芒

枯萎的玫瑰已變作紫色薔薇，

皇村讚美詩仍一如既往地頌唱。

五十年過去……驚奇的命運已慷慨地說得太多，

我在日子的不知不覺中[109]忘了歲月的流逝——

而那裡卻再也回不去！當我從忘川[110]渡過，

定抓緊我皇村花園鮮活的輪廓不讓遺失。

1957 年 10 月 5 日，莫斯科

109　語出自曼德爾施坦詩集《石頭》中的贈詞：「給安娜・阿赫瑪托娃——意識的閃光就在日子的不知不覺中」。

110　忘川（Лета），希臘神話中的河流，為冥界的五條河之一，亡者到了冥界會被要求喝下忘川之水，以忘卻塵世之事。

短歌集

1. 行路之歌，或黑暗之聲

你害怕什麼，

就發生什麼——

什麼都無須害怕擔憂。

這首歌被唱，

唱出來的卻不是這首，

而另一首同樣

也像她[111]一樣……

　　　　天哪，怎會這樣！

　　　　　1943 年，塔什干

2. 祝酒之歌

紋彩繡花台布遮掩住

　　　不見下方桌椅。

我非詩歌的生身之母——

　　　只是個後媽而已。

唉呀，紙張如此白整

111　指「這首歌」，歌、詩歌（песня）的俄文是陰性。

詩句排列勻稱。

多少次我眼睜睜，

　　　看著它們遭烈火焚身。

受誹謗致殘毀心

　　　遭流星鎚痛擊，

還被打上苦役的烙印

　　　一記又一記。

　　　　1955 年

3. 愛情之歌

而畢竟我和你

　　　不曾愛過對方，

我們那時只是

　　　將一切分享。

分給你的——是白色光芒，

　　　還有自由的大路，

你還分到伴隨鐘響

　　　出現的朝霞晨露。

而我分到的是件棉布衣，

　　　加一頂護耳帽便足夠。

你無需憐惜我

　　這服苦役的女囚。

　　　　1955 年

4. 多餘之歌

能安慰的──是恐懼，給予溫暖的──是暴風雪。

帶領走過死亡的──是黑暗。

我們互相將對方的所需剝奪……

難道可以這樣？

假如你想要──我就解除你的中魔，

就當我在積善累功：

你就給自己任選一種折磨，

只是別要這一種苦痛。

　　　　　1959 年 7 月，科馬羅沃

5. 臨別之歌

我 [112] 既不笑也不唱，

一整天默默神傷，

一心只是念想

112　原文中沒有出現明確的主詞，中文的「我」是依據內容而譯出。

要回到最初與你把滋味再嚐：
輕鬆無憂的第一次衝突，
充滿明亮色彩的妄想怪談，
還有那已無話可說，生冷又迅速，
最後一次的同桌共餐。

1959 年

6. 最後之歌

我用胡言囈語娛人，
用死亡之歌悅耳快活，
我分配超過任何凡人
能力所及的天災人禍……
帷幕始終不升起……
陰影的輪舞層疊交錯……
因而那不幸的人才所以
更讓人親近並將心寄託。
這一切都已傾訴給玫瑰
花叢最深處的芯底，
可昨日淚水的滋味
我仍未被賦予遺忘的權利。

1964 年 1 月 24 日，莫斯科

選自《塔什干詩篇》

那個夜裡我們為彼此瘋狂，
只有不祥的黑暗照耀我倆，
灌溉溝渠自說自話地絮叨，
而石竹散發著亞洲的味道。

我們走過陌生的城市與街廓，
穿過如煙的歌與夜半的熱火——
巨蛇星座下全部是一個整體
可是彼此卻不敢將對方凝睎。

那個可能是伊斯坦堡，甚至是巴格達呢，
但是，唉呀！不是華沙，也不是列寧格勒——
而這苦澀的差異讓人窒息，
彷彿空氣是無靠無依。

恍惚間我看到：世紀在身旁並肩邁步，
一隻無形之手敲打著鈴鼓，
而聲音像祕密的符號，
在我們面前於黑暗中旋繞。

我和你來到了全然神祕的黑暗裡，

彷彿行走在一處無主領地，

而月亮如一艘鑽石鑲飾的斐盧卡[113]帆船

忽地浮上離合聚散的悲歡之川……

你的命運我無從知悉，

但如果那個夜晚又回來找你，

你要知道，這意謂著某個人

正午夜夢迴到這神聖的一瞬。

(1942 年 5 月)－1959 年 12 月 1 日，塔什干－列寧格勒

三月哀詩

我那些過往的珍貴回憶

不幸地，長得夠我一輩子回味，

你自己也知道，它們當中有二分之一

再糟糕的記憶也無法將之磨毀：

傾斜一邊的教堂小圓頂，

烏鴉的嘎嘎叫，蒸氣火車的哀鳴，

還有白樺樹，就像是犯人服滿徒刑，

在原野上虛弱地蹣跚跛行，

113　地中海一帶，南歐與北非對帆船的稱呼。

還有巨大的聖經橡樹 [114]

在夜半時分的祕密聚會，

還有一艘進了水的小船載沉載浮

從某人的夢裡漂來依偎……

晚秋才剛把這邊田地微微點上霜銀，

又在那方躑躅完一巡，

然後將遠方景物一不小心

變成了一片看不透的霧染煙暈。

而且似乎在這些結束之後

又好像什麼事情都沒發生過……

卻是誰又在台階旁徘徊不走，

並將我們的名字一一喚過？

是誰將臉貼在結冰的玻璃窗面

並用它纖枝細椏的枯手揮舞？

而答案就在蛛網糾結的角落邊

日影兔子 [115] 正在鏡子裡跳躍飛舞。

　　　　　　　1960 年 2 月，列寧格勒

114　聖經橡樹，指《聖經》〈創世紀〉（13:18）中亞伯拉罕（亞伯蘭）「來到希伯崙幔利的橡樹那裡居住，在那裡為耶和華築了一座壇。」（和合本）

115　俄文裡把太陽光影的舞動叫做「日影兔子」（солнечный зайчик），類似我們中文所稱的「駒影」。

詩集裡的畫像

它 [116] 沒有很悲傷，沒有很憂鬱，
它幾乎就像可以穿透的輕煙，
又像半受冷落的新婚少婦
頭上那一頂輕巧的黑白婚冠。
下方是那個鼻骨凸起的側寫，
以及緞子般的巴黎式瀏海，
還有綠色、長橢圓形狀、
銳利凝視的眼睛。

1958 年 5 月 23 日

回聲

通往過去的道路早已關閉，
過去對現在的我來說又有何意義？
那裡有什麼？是斑斑血跡的墓碑，
還是一扇完全砌死的門扉，
或者是一個回聲，而它還無法沉默
閉上嘴，儘管我如此請求……
和這回聲一樣不肯緘默，

---

116 指畫像。

還有那個記憶，始終在我心底保留。

1960 年 9 月 25 日，科馬羅沃

詩三首

1

是時候該忘卻這駝鈴聲的喧雜，
也該忘卻茹可夫斯基街上的白房[117]。
是時候了，是時候去探望林間的蘑菇和白樺，
也該將莫斯科廣闊的秋天拜訪。
那裡現在一切閃耀著光芒，浸潤在露水裡，
而秋日的天空也越升越高，
還有那條羅加喬夫公路總讓人憶起
年輕布洛克吹出的強盜口哨……

1943 年秋，塔什干

2

在黑暗的記憶中摸索，你定會找到

117　指的是塔什干茹可夫斯基街 54 號房，詩人於德蘇戰爭期間疏散至塔什
　　干時住過的地方。

一雙過肘的長筒手套，

還有彼得堡的夜。而在包廂的昏暗中定可聞到

那股濃郁甜膩的味道。

還有海灣的風。而在一行一行的詩裡間隔，

走過「啊呀」，繞過「唉喲」，

時代的悲劇男高音——布洛克

會輕蔑地對你微笑。

1960 年 9 月 9 日，科馬羅沃

3

他是對的——又是路燈、藥房[118]，

涅瓦河、無語的沉默、花崗岩……

如一座世紀初的紀念雕像，

這個人就這麼佇立在那邊——

當他舉手朝普希金之家[119]

揮了一揮，當作是告別生命，

他還接納了致命的倦乏

作為那名不副實的平靜。

1946 年夏

---

118 指布洛克的詩〈深夜、街道、路燈、藥房〉（1912）。

119 普希金之家是彼得堡的文學研究單位，是布洛克死前的演說地點。

古風之篇

I. 索福克勒斯[120]之死

於是國王明白，索福克勒斯死了。
傳說

深夜索福克勒斯的屋裡從天飛落一隻鷹，
院子裡忽然間一陣陰鬱的唧唧蟬鳴。
繞過故城圍牆旁的敵軍陣營[121]，
這一刻天才走向不死的永恆之境。
所以王才會做上奇怪的夢：
戴奧尼索斯親自命令他解除圍城，
讓喧囂的噪音不要妨礙葬禮的進行，
讓雅典人能夠向他的安寧致敬。

1961 年

II. 底比斯的亞歷山大

或許年輕的王真是可怕又嚴厲，
「殺光底比斯人！」——他下令，

120　索福克勒斯（Софокл, 前 496 年 - 前 406 年），古希臘詩人、劇作家。

121　據說索福克勒斯去世時，因雅典和斯巴達之間的戰爭，詩人的遺體無法
　　歸葬故里，斯巴達將軍聞訊後下令停戰，讓雅典人將其安葬。

老將領看到了那座趾高氣昂的城，
模樣依然是他早年所熟悉。
「全部，讓火燒光全部！」王一一點名
塔樓、城門，還有神廟——世界奇蹟不存，
連忘川之水也彷彿為此而流乾止停，
但忽然間王陷入沉思，開口時頭腦清醒：
「你去瞧瞧，詩人之家必須完整保存。」

　　　　1961年，瓦西里島港灣區醫院（十月。囈語中寫就）

＊＊＊

又來到那些「無法遺忘的日期」，
那些日期沒一個不讓人厭棄。

而最可厭的就是朝霞初升……
我知道：心跳並非無故劇烈怦怦——

海上風雨欲來前鐘聲響徹四周
心亦灌滿霧濛濛的憂愁。

我將黑色十字架向往事擺上，
而你，西南風同伴，想要什麼願望？

想要讓椴樹與楓樹闖進我房間，
或讓綠草沙沙作響並恣意蔓延，

還是想要水位飆升至橋底的河水暴漲？——
讓一切就跟當時一樣，跟當時一樣。

1945 年 6 月 16 日，噴泉屋

＊＊＊

要是世上所有曾經向我
請求過精神幫助的人——
所有的瘋癲和喑啞之人，
棄婦和殘疾，
苦役犯和自殺者——
若他們每人都寄給我一戈比，
我可能會成為「全埃及最富有者」，
像死去的庫茲明常掛在嘴邊的那句話……
可是他們沒有寄給我任何一戈比，
而是和我分享力量，
於是我便成為世上最有力量的人，
所以，就連**這**對我來說也非難事。

1960 年，列寧格勒

獻給亡者的冠冕

I. 恩師

憶安年斯基

而那人我將他視為恩師，

他走過生命如幻影，死後亦不留殘影一絲[122]，

他吸入了整瓶毒藥[123]，喝光了這全部的迷癡，

他期待詩名遠播，而榮光卻遲遲未到，

他是徵候，是變化發生的前兆，

而變化實現在之後的我們，

他愛惜所有人，激發所有人惶惶的苦悶——

自己也為此窒息而死……

1945 年

II

De profundis[124]……我的世代

122　指詩人超凡脫俗的存在。

123　「中毒」是安年斯基最專精的主題，指真實的現實滲入了藝術世界中，既謀殺了藝術，也將它復活。

124　拉丁語，意為「自無底的深淵」，語出《聖經》〈詩篇〉：「自無底的深淵我呼喚祢，主啊！」這首詩最初是獻給曼德爾施坦的遺孀娜杰日達。

鮮少嘗到蜂蜜。而此刻

只剩風在遠方嗚咽著鳴哀，

只剩記憶在吟詠逝者。

我們的志業依舊未竟，

我們的時間已走到終點，

距離那目標的分水嶺，

距離那巍峨的大春之巔，

距離那狂暴的怒放開花

我們卻只剩最後一口氣可傾吐……

‧‧‧‧‧‧‧‧‧‧‧‧‧‧‧‧‧‧‧‧‧‧‧‧‧‧‧‧‧‧‧‧‧‧‧‧‧‧

兩次戰爭，我的世代啊，

照亮了你的荊棘路。

1944 年 3 月 23 日，塔什干

III. 憶布爾加科夫 [125]

這是我為你做的事，代替墳前的玫瑰，

代替手提香爐的氤氳氣息；

你過得如此艱辛，卻至死都無愧

傲視群倫的一身睥睨。

125　布爾加科夫（Михаил А. Булгаков, 1891-1940），蘇聯小說家、劇
　　作家、戲劇導演、演員。

你喝著紅酒，說的笑話無人能及，
轉身卻坐困愁牆間，窒息難言，
是你親自將可怕的女客[126]放進屋裡，
還留下來和她單獨面對面。

而今你已不在，周遭只剩無語的寂涼
回應你痛苦而高潔的一生，
只有我的聲音如長笛吹響，
迴盪在你追悼宴上的悄悄無聲。

噢，誰能想到，會是由我這個半瘋女，
我這個埋葬過往歲月的哭靈人，
我這個被放在慢火上炙燒的苦命女，
我這個失去所有，也忘了一切的女人——

竟是由我來回憶那活力盛旺，
思路明晰的人，回憶他堅強的意志力，
彷彿還是昨日他跟我閒話家常，
一面卻偷偷隱藏起死亡疼痛的顫慄。

　　　　　　1940 年 3 月，列寧格勒，噴泉屋

---

126 作者沒有指明是什麼，可能是指死神（Смерть），也可能是災厄
　　（Беда），這幾個詞的俄文皆為陰性。

IV. 憶鮑里斯 · 皮利尼亞克 [127]

預料到這一切的就只你一人……
當無眠的漆黑沸騰在我周圍，
那根楔子如陽光耀眼，似鈴蘭吐芬
打進到十二月的深夜漆黑。
於是我沿著小路走向你。
而你笑得那樣無憂輕鬆。
但是針葉林與池塘蘆葦的搖曳
卻對我報以奇怪的回聲……
噢，若是因此將死者驚醒，
請原諒，因我別無他途：
我懷念你，像懷念自己的至親，
而我對每一個哭泣的人都嫉妒又羨慕，
羨慕他們在這可怕的時刻
還能夠為橫屍溝壑的人哭泣哀憐……
那淚水還來不及流到眼底就已乾涸，
滋潤不了我的雙眼。

1938 年深夜，噴泉屋

127　皮利尼亞克（Б. А. Пильняк, 1894-1938），小說家，蘇聯文學的奠
　　基者之一，阿赫瑪托娃的好友。

V

致曼德爾施坦

我躬身面對它們 [128]，一如俯身命運 [129]，
它們身上珍藏的印記數也數不盡——
這是我們血染的青春年少裡
溫柔的黑色信息。

仍是同樣的空氣，如同那個夜裡
我腳懸深淵吸到的空氣，
那個夜晚，冰冷如鐵又荒涼無依，
所有的呼喚哭叫只是徒勞無益。

噢，丁香的氣味濃郁至斯，
我曾在某個時刻來到那個夢境——
這是手牽手轉著圈的尤麗狄絲 [130]，

128　指曼德爾施坦的手稿。曼德爾施坦在 1956 年獲得死後的「名譽恢復」，
　　　阿赫瑪托娃於是寫下本詩，同時又看到由曼德爾施坦的遺孀千方百計躲
　　　過當局的搜索，替丈夫保留下來珍貴手稿。

129　俄語「чаша」一詞譯為酒杯或酒盅，另有一個意義是「命運」，而且
　　　多指沉重且不幸的命運。

130　此處指導演梅耶荷德於 1911 年在馬林斯基劇院搬演德國劇作家格魯克
　　　（К. В. Глюк, 1714-1787）的劇作《奧菲斯與尤麗狄絲》（Орфей и
　　　Эвридика, 1762），當中一幕是一群尤麗狄絲在陰間的草地上轉著圈。

而公牛載著歐羅巴翻浪前行。

這綽綽飛掠的影子是我和你
在涅瓦河上，在涅瓦河上，在涅瓦河上，
這是涅瓦河在拍打堤岸階梯，
這是你前往永恆的通行證。

這是開啟公寓的鑰匙，
而關於公寓現在已悄聲寂寂⋯⋯
這是神祕七弦琴的撥弦如詩，
正作客在冥府外的綠草地。

1957 年

VI. 遲來的回覆 [131]

我這位小手白皙的嬌客，黑魔法女巫⋯⋯[132]

茨維塔耶娃

隱形人、雙重人、知更鳥，
妳幹嘛躲在黑色灌木叢間？——

131　這首詩是獻給女詩人茨維塔耶娃（Марина И. Цветаева, 1892-
　　　1941），作為對她於 1921 年寫給自己的詩〈阿赫瑪托娃〉的回應。
132　題詩引自茨維塔耶娃獻予阿赫瑪托娃的詩。

一會兒藏身到多孔的鳥箱巢，

一會兒又在亡者的十字架上閃現，

不一會兒卻在瑪琳基納塔樓上呼喊：

「今天我回到了家。

親愛的田地，你們好好看一看，

所有發生在我身上的事情呀。

深淵吞噬了我的至親至愛哪 [133]，

而父母的家也被劫掠殆盡。」

‧‧‧‧‧‧‧‧‧‧‧‧‧‧‧‧‧‧‧‧‧‧‧‧‧‧‧‧‧‧‧‧‧

今天我要和妳，瑪琳娜，

沿著夜半時分的首都行進，

一支百萬隊伍跟在我們身後 [134]，

沒有人能比他們還更沉默……

而葬禮的鐘聲環繞我們四周，

還有暴風雪中莫斯科嘶啞的瘖吼，

而我們的足跡走過之後旋即遭風雪消抹。

> 1940 年 3 月 16 日，（1961 年），噴泉屋，（紅
> 色騎兵街）

---

133 指茨維塔耶娃從巴黎返回蘇聯後遭遇的最悲痛的事情：丈夫的被捕與死
亡，女兒遭逮捕和流放。

134 指史達林的大恐怖時期遭整肅者的親人的隊伍，其中以妻子和母親占多
數；阿赫瑪托娃的兒子列夫‧古密略夫亦遭逮捕和流放，詩人以此表
示自己與她們有相同的命運。

VII. 致鮑里斯 · 巴斯特納克 [135]

1

那秋重新以帖木兒 [136] 之勢橫掃，

阿爾巴特巷弄內一片靜悄悄⋯⋯

小車站後方，或將濃霧繞過

禁止通行的道路漆黑如墨。

這正是她，新秋來到！而狂暴

漸漸平息。世界終是陷入聵聾⋯⋯

福音書堅實的皓首暮老，

還有客西馬尼園 [137] 裡那一聲唏噓的苦痛。

這裡屬於你，一切合情合法，

滂沱而落的密雨佇立如牆。

把世界的玩具——名聲 [138]，送給他人吧，

你就回家去，什麼也別再多想。

1947 年－1958 年 10 月 25 日，列寧格勒，噴泉屋－（莫斯科）

135　巴斯特納克（Б. Л. Пастернак, 1890-1960），詩人、小說家、譯者，
　　　1958 年諾貝爾文學獎得主。

136　巴斯特納克曾寫詩提到帖木兒。

137　客西馬尼園（Гефсимания）是耶路撒冷的一個果園，耶穌在此被逮捕，
　　　當時他正和門徒在禱告，神情憂傷。巴斯特納克寫過相關主題的詩。

138　指諾貝爾文學獎。

2

像回應小鳥一般，回聲呼應了我。[139]

巴斯特納克

那與眾不同的聲音於昨日沉靜[140]，

小樹林間的對談者已棄我們而去。

他變作麥穗供養生命，

或是化作他曾歌頌的輕柔絲雨。

世間繁花錦簇，種類不一，

為迎接這死亡皆同時綻放，夭夭灼灼。

但地球……這擁有謙遜之名的星體，

卻一瞬間變得寂靜寥落。

1960 年 6 月 1 日[141]，莫斯科，波特金醫院

3

如同盲眼伊底帕斯之女[142]，

繆斯帶著預言者走向死亡，

---

139 題詞引自巴斯特納克的詩〈一切都已成真〉（Все сбылось, 1913）。

140 巴斯特納克於 1960 年 5 月 30 日過世。

141 阿赫瑪托娃對這首詩標註的日期就是 6 月 1 日。

142 指安蒂岡妮（Антигона）。

而一棵椴樹犯了瘋愚，

在哀悼的五月裡偏偏怒放

在那一扇他曾倚靠的窗前，

他曾在那告訴我，說他面前

蜿蜒著一條帶著翅膀的金色之路，

而他在那路上蒙受上天旨意的眷顧。

1960 年 6 月 11 日，莫斯科，波特金醫院

VIII. 我們四個 [143]
（科馬羅沃草稿）

是這位腰肢柔軟的吉普賽女郎

注定遭遇但丁所有的苦痛？[144]

曼德爾施坦

我是這樣領會您的面容與眼神。[145]

巴斯特納克

噢，哭泣的繆斯……[146]

茨維塔耶娃

143　阿赫瑪托娃如此稱呼曼德爾施坦、巴斯特納克、茨維塔耶娃和自己。

144　引自曼德爾施坦獻給阿赫瑪托娃的詩〈臉部的線條扭曲〉（1913），
　　　但是引用不準確。

145　引自巴斯特納克的詩〈致安娜‧阿赫瑪托娃〉（1913）。

146　引自茨維塔耶娃 1916 年的詩組「阿赫瑪托娃」當中的一首〈噢，哭泣
　　　的繆斯，所有繆斯當中最美好的一位……〉。

……而我將這裡的一切拋開無悔，
拋開塵世所有可能的福祉天幸。
森林裡的斷根殘枝變為
這塊土地的守護精靈。

我們全是生命的短暫過客，
所謂生活——不過就是習慣。
在天空之路 [147] 上我彷彿聽得
有兩個聲音在相互呼喚。

兩個嗎？還有一個在東牆邊，
濃密的馬林納漿果 [148] 叢間，
一根結滿黑莓果的接骨木枝正新鮮 [149]……
那是——瑪琳娜捎來的一封信箋。

　　　　　　1961 年 11 月 19 － 20 日，列寧格勒，港灣區
　　　　　　醫院

147　「天空之路」引自巴斯特納克 1925 年的散文作品《天空之路》。

148　指覆盆子（малина），馬林納為俄文音譯，與下文茨維塔耶娃的名字
　　　瑪琳娜（Марина）相呼應。

149　引自茨維塔耶娃的詩〈接骨木〉（1931）。

IX

致左申科 [150]

我彷彿在諦聽遠方的聲音，

而周圍什麼都沒有，不見一個人影。

就是在這塊仁慈的黑土地

請放下他的身體。

既非花崗岩，也非垂柳淚盈盈，

能夠將他輕盈如煙的骨灰覆蓋，

只有當來自海灣的清風 [151]

吹抵之時，才能夠為他哭喪默哀……

1958 年 7 月 23 日，科馬羅沃

X. 憶安塔 [152]

……就算這甚至是來自其他的詩組也好：

我眼前浮現一雙明亮眼睛的微笑，

然而──「她死了」──伏貼著親愛的綽號

150　左申科（Михаил М. Зощенко, 1895-1958），蘇聯諷刺作家，於〈決議〉事件中與阿赫瑪托娃同受批判。這首詩寫於左申科過世後的隔日。

151　左申科葬於緊鄰芬蘭灣的謝斯特羅列茨克（Сестрорецк）的墓園。

152　安塔（Анта）指安東尼娜·奧朗吉列耶娃（Антонина М. Оранжиреева），圖書編目家、民族學博物館館員，詩人的朋友。

我感到如此不捨，彷彿像是第一次
聽到它一樣。

1960 年秋，紅色騎兵街

XI

憶普寧 [153]

而那顆心已經不再回應我的聲音，
那顆心總是忽喜忽悲，忽悲又喜。
一切都結束了。我的詩歌仍奮力一拚
奔向空蕩蕩的夜，而那裡已經沒有你。

1953 年

XII. 皇村詩句 [154]

秋日的空氣散發出
戲劇第五幕的氣息，
公園裡的花壇每一處
看起來都像新鮮墓地。

153　普寧（Николай Пунин, 1888-1953），詩人的第三任丈夫。

154　這是獻給前夫古密略夫的詩，實際寫於 1921 年，但為避開審查而未收
　　入早期詩集中。

亡者獲得的哭悼足夠悲悽。

而我的心與所有仇敵

於今也獲得和解平息。

祕密的追薦儀式都已辦妥，

再也無事可做。

我慢吞吞拖延著，彷彿有

要發生什麼奇蹟。

沉甸甸的小船竟能夠

被一隻纖弱的手久久地

抓緊在碼頭邊，一邊又

與留在岸上的人道別離。

　　　　　1921 年秋，皇村

皇村頌詩
（一九○○年代）

而小巷裡的木板柵欄⋯⋯[155]
古密略夫

一首真正的頌詩

從耳邊傳來⋯⋯先停下讓我想想，

155　題詩引自古密略夫 1912 年的詩〈迷路的有軌電車〉（Заблудившийся
трамвай）。

我要把皇村的迷癡

偷偷藏進一只空箱，

收進命定的珠寶盒中，

放進柏木匣 [156] 裡好好擺收，

眼看那條小巷弄

轉眼就要走到盡頭。

這裡不是捷姆尼克，不是舒亞 [157] ——

三兩個公園加市政廳一個，

而我要來描寫你呀，

像夏卡爾描繪自己的維捷布斯克 [158]。

人們走路還真是謹慎又戰兢，

紅褐快馬卻是大步矯健，

這裡在鐵路之前曾經

有過一家著名小酒店。

街燈的黯淡光澤

灑落在物體的外形，

宮廷四輪轎馬車

飛掠出一道剪影。

我是多麼希望，

156　此處與皇村中學校長安年斯基及其詩集《柏木匣》起了互文性的作用。

157　捷姆尼克、舒亞，俄國城市名，都是外地偏僻省城。

158　夏卡爾（Marc Chagall, 1887-1985）的故鄉，是畫家固定描繪的主題。

能夠一併描繪

淡青色雪塊的遠方

將那彼得堡也拉進畫內。

這裡不是什麼古代寶藏，

不過是些木板柵欄、

軍需庫房，

還有馬車出租站。

一位年輕女巫

難為情似的口齒不清，

又半吊子似的像來湊數

在那裡替客人占卜算命。

在那裡士兵們的玩笑

滔滔不絕，句句浸滿膽汁的惡毒[159]……

一座黑白條紋崗哨，

馬合菸草的濃煙不斷噴出。

人們扯著喉嚨唱歌叫罵

還以牧師之妻互發毒咒，

再不然到深更半夜仍狂飲伏特加，

為解苦味再吞些蜜粥。

渡鴉用嘎嘎的叫聲來宣揚

159　俄語中會用「膽汁」來形容人講話帶著侮辱和惡意的譏刺，用「膽汁旺盛」說人心腸惡毒。

這鬼魅世界的幻影……

而在無座雪橇上馭馬持韁

正是那一身胸甲騎兵裝的巨人[160]。

1961 年 8 月 3 日，科馬羅沃

彼得堡一九一三年

城關[161]外手搖風琴聲如泣如訴，

滿是唾沫痰液的骯髒馬路上

小熊被人牽著走，吉普賽女郎扭腰擺舞。

蒸氣火車一路駛達哀傷聖母像[162]，

汽笛嗚咽的哀怨催促

在涅瓦河上聲聲迴盪。

黑風中憤怒與意念盤旋。

這會就要來到焚燒原[163]，

看來，這距離伸手觸到已是可能。

---

160 按照楚科夫斯卡雅在《阿赫瑪托娃札記》第二冊裡所寫，阿赫瑪托娃說
這位「一身胸甲騎兵裝的巨人」指的就是沙皇亞歷山大三世。

161 指彼得堡東邊的涅瓦城關（Невская застава）。

162 指火車從莫斯科的尼古拉車站（今列寧格勒車站）開出，駛往位在彼得
堡的涅瓦城關的皇家玻璃工廠，玻璃工廠前有一座小禮拜堂，內有「眾
哀傷者之歡樂聖母像」。

163 指彼得堡涅瓦城關外的一處垃圾掩埋地，因焚燒垃圾產生火光而得名，
這裡也是小偷、罪犯和流浪漢的聚集地。

而這會我預言的聲音就要沉寂，

而這會就要發生更糟糕的異跡。

但我們還是走吧——時間已不容我繼續再等。

　　　　1961 年

故土

> 這世上再沒有比我們更沒血沒淚、
> 　更傲慢，又更單純的人了。[164]
> 　　　　1922

我們不會把它放進胸前的護身符，

不會涕淚縱橫地為它編織詩篇，

它不會刺激我們夜夢的酸苦，

它不會成為上天應允的樂園。

它不會成為貨品買賣時

我們心中拿來交易的東西，

生病，貧窮，陷入沉默時，

我們甚至不曾將它想起。

是的，對我們來說，這只是鞋套上的一塊髒污，

是的，對我們來說，這只是咯吱咯吱地在磨牙。

我們又磨又壓，又揉又和，捻碎又弄成渣

164　題詞引自阿赫瑪托娃的詩〈我恥於和拋棄故鄉的人為伍……〉（1922）。

我想去探望玫瑰，到那座獨一無二的花園，
那裡轟立著世界上最美的雕花鑄鐵圍欄，

那裡的雕像記得我年輕的模樣，
而我也保存它們沉睡在涅瓦河中的印象。

壯觀的椴樹列隊散發寂靜的馨香
我在其中彷彿聽到船桅在嘎吱作響。

——〈夏日庭園〉

插圖：丘語晨

阿赫瑪托娃，1936 年，科洛姆
納近郊的斯塔爾基，戈爾農（L.
Gornung）攝。詩人此時作客
於舍爾溫斯基家。

那一粒卻怎樣都無法與他物混合的塵土。

而最後我們終究會躺進它的胸懷，變成為它，

就是這樣我們才會如此自在地用吾土稱呼它。

1961 年 12 月 1 日，列寧格勒，港灣區醫院

最後的玫瑰

關於我們您會傾斜書寫。[165]
布羅茨基

我和莫羅佐娃[166]一起俯首叩拜，

和希律王的繼女[167]一起飛舞翩翩，

我隨著蒂朵[168]篝火台上的煙霧飄飄離開，

就是為了與貞德[169]再次共赴火刑宴。

上帝呀！祢也看到了，我真是厭倦又疲憊

這樣的復活、死亡和生命的無限循環。

祢全部都拿走吧，但留下這朵紅玫瑰，

165　題詞引自布羅茨基 1962 年獻給阿赫瑪托娃的詩〈致阿赫瑪托娃〉。

166　莫羅佐娃（Феодосия П. Морозова, 1632-1675），俄國大貴族夫人，
　　舊禮儀派信徒，因堅持舊禮儀派儀式而與沙皇阿列克謝起衝突，被指為
　　參與教會分裂（Раскол）而被捕，在流放中餓死。

167　指莎樂美。

168　迦太基女王，見〈別怕，我現在還更擅長……〉一詩的注 82。

169　貞德（Jeanne d'Arc, 1412-1431）是英法百年戰爭的法軍領袖，被宗
　　教裁判所判為異端和女巫而被處以火刑，死時十九歲，被追封為聖女。

就讓它的清新再一次復甦我的感官。

1962 年 8 月 9 日，科馬羅沃

選自《黑色之歌》[170]

說這些話，是為了將你羞辱……[171]
安年斯基

I

你是對的，沒有帶我一起走，
沒有稱我為你的女朋友，
我變成了一首詩和命運，
變成了徹夜的無眠與風雪。
您可能已認不出我
在城郊外的小車站
我那一身過於年輕，唉呀，
又掩不住老練的巴黎女人裝扮。

170　詩組獻給馬賽克藝術家安列普。
171　題詞引自安年斯基的詩〈遙遠的雙手〉。

II

不顧所有山盟海誓，

從我手裡取走寶石戒指，

把我遺忘在深淵……

你什麼也幫不了我，

又何必在這個夜晚

將自己的魂魄寄回給我？

他身段挺拔，青春年少，一頭紅髮翩翩飄逸，

他根本是個不折不扣的女人，

他低聲訴說著羅馬，引誘人去巴黎，

哭叫起來卻像個白琴孝女……

他說他再不能沒有我：

即使丟臉，就算是進了監獄……

而我沒有他，卻是可以。

1961 年 8 月 13 日

北方哀詩

一切都獻予你的記憶……[172]
普希金

之一 故事開始之前

我現在不住在那裡……[173]
普希金

杜斯妥也夫斯基的俄羅斯。月亮

近四分之一被鐘樓遮住。

小酒館生意熱絡，四輪輕便馬車一輛輛飛過，

五層樓的大型建物一棟棟冒出

在戈羅霍夫街[174]，聖母神蹟教堂[175]，還有斯莫爾

尼大教堂[176]周圍。

到處是舞蹈班，招牌不斷更換，

而一旁是：Henriette、Basile、André，

---

172 引自普希金 1825 年的詩〈一切都獻予你的記憶……〉。

173 引自普希金的敘事詩〈科洛姆納小屋〉。

174 戈羅霍夫街（Гороховая улица）是彼得堡本島以海軍部為起點所開
出的三條輻射幹道之一。

175 聖母神蹟教堂（Знаменская церковь），現已不存，位於涅瓦大道
與利戈夫斯基運河 (Лиговский канал) 的交叉路口，教堂因擁有「聖
母神蹟」聖像畫而獲名。

176 斯莫爾尼大教堂（Смольный собор）位於彼得堡涅瓦河左岸，由伊
莉莎白女皇所興建的巴洛克風格與拜占庭式洋蔥頂結合的精緻建築群，
包括大教堂、皇家教堂、鐘樓和貴族女子學校。

還有豪華棺材上寫著：「老舒密洛夫」。

但是順道一提，城市的變化並不大。

不只我一人，還有其他人也是

都注意到，這座城有時還挺會

讓自己看起來像一幅古老的石版畫，

雖然不是第一流，但絕對有板有眼，

約略是一八七〇年代間的作品。

特別是在冬天，日出之前，

又或是日暮時分——那時城門外，

筆直又剛硬的鑄造廠大道[177]逐漸變暗，

大道那時尚未被現代主義給污染，

而我對面住著涅克拉索夫，

還有薩爾蒂科夫[178]……兩人的名字在紀念牌上。

噢，倘若他們真的親眼看到這些紀念牌，

會感到多麼恐怖！而我三不五時就打那經過。

而在舊魯薩[179]有花木繁茂的溝渠，

小公園裡有那麼些個破舊涼亭，

---

177 鑄造廠大道（Литейный проспект）是連接涅瓦河與涅瓦大道的一條路。詩人的一處住所噴泉屋就位在這條路上。

178 指十九世紀作家涅克拉索夫、薩爾蒂科夫－謝德林。涅克拉索夫曾住在這條大道的 36 號，薩爾蒂科夫則住在大道的 60 號。

179 舊魯薩（Старая Русса），當時為諾夫哥羅德省的一個小城，這裡有杜斯妥也夫斯基晚年的住所。

而窗玻璃是那麼黑，像個冰窟窿，

讓人以為，那裡好像真有發生過什麼，

卻最好別去瞧的恐怖事，我們還是趕快離開吧。

不可能和每個地方都達成協議，

要它揭開自己的祕密

（但奧普季納修道院[180]我再也不曾去過……）。

裙子的沙沙聲，格子呢絨毛毯，

核桃木鑲框的鏡子，

鏡子驚豔於卡列尼娜的美貌

還有狹窄走廊兩邊的壁紙，

我們童年曾細細欣賞

就在暈黃的煤油燈下，

還有安樂椅上的常春藤花紋……

各階層的人，無論哪一天，永遠是匆匆忙忙……

那些父親和祖父總讓人無法理解。土地一直

遭到典當。而在巴登[181]——輪盤賭始終風行。

180　奧普季納修道院（Оптина пустынь），位在科澤利斯克城
　　（Козельск），杜斯妥也夫斯基曾訪問過這座修道院。

181　指巴登－巴登，德國著名溫泉療養勝地，當地有許多豪華飯店與賭場，
　　這地方正是杜斯妥也夫斯基小說《賭徒》的場景。

而有著一雙明亮眼睛的女人 [182]

（當你看著它們，那種湛藍，

不禁讓人想起了大海），

有著少見的名字 [183] 和白皙的手，

還有善良的天性，我似乎自她那兒

得到了同樣的遺傳——

但對我殘酷的人生而言，是不必要的贈禮⋯⋯

國家凍得直打寒顫，而鄂木斯克的苦役犯 [184]

卻把一切搞清楚了，並對所有事物打上十字。

就是他現在把一切混淆，

而且親自在這一團混沌上方，

像一尊神靈，騰空飛升。午夜鐘聲。

鵝毛筆尖吱吱作響，而許多頁的紙稿

聞起來都帶著謝蒙諾夫練兵場 [185] 的味道。

所以說在我們忽然想降臨人世之前，

182　指詩人的母親英娜‧斯托戈娃。

183　俄國舊時「英娜」多為男性的名字，這名字給人一種剛毅的形象。

184　指曾服苦役的杜斯妥也夫斯基。

185　謝蒙諾夫練兵場（Семёновский плац），1849 年彼得拉舍夫斯基事
　　件的死刑犯在此行刑，其中包括杜斯妥也夫斯基，但後來改判流放。

要先把生辰時刻分秒不差地算好，

以免錯過任何一幕不尋常又曠世

難逢的景象，安排好就可以揮手跟不存在道別。

1940 年－1943 年，莫斯科－列寧格勒

＜之二＞　關於一九一○年代

<blockquote>
妳——是生命的戰勝者，
而我——是妳自由意志的夥伴。[186]
古密略夫
</blockquote>

可是根本就沒有什麼粉紅童年……

沒有雀斑娃娃、米什卡小熊，沒有玩具，

沒有善良的阿姨、可怕的叔叔，甚至沒有

在河邊砂石堆間玩耍的朋友。

我從很小的時候就覺得自己

是某人的夢魘和囈語，

或是別人鏡子裡的倒影，

無以名之，無以窮狀，無緣也無由，

我已經知道了罪狀

上面寫滿我日後必定犯下的罪行。

所以我以夢遊者之姿，

186　這應是古密略夫早期的詩句，從 1960 年代阿赫瑪托娃的筆記裡摘出。

走入生命中，也把生命驚嚇。

在我面前她 [187] 以潤澤草地的姿態蔓生，

冥后普洛塞庇娜 [188] 也曾在此處漫步。

然而我這個無親無故、笨拙無才的女孩，

意外之門在我面前打開，

一群人走了出來並大叫：

「她來了，她本人來了！」

我驚駭不已地看著他們，

心想：「他們真是瘋了！」

而他們越是將我稱讚，

大眾就越發地將我讚美，

我也就越發地害怕這塵世生活

也越想要從生之夢中甦醒。

我知道我會用百倍的代價來償還，

在監牢，在墳墓，在瘋人院裡，

在所有我該醒來的地方，

只是折磨卻以幸福的方式持續了下去。

1955 年 7 月 4 日，莫斯科

187　指「生命」（жизнь），此詞俄文是陰性。

188　羅馬神話中豐收女神席瑞斯的女兒，某次她與女友在草地上玩耍時，路過的冥王普路托看到了她，就把她挾持到冥府中成為冥后。

<之三> [189]

那棟房子住起來當真恐怖又可怕，

不論是壁爐裡的古老的熱氣，

不論是我倆孩子 [190] 的搖籃，

不論是我們曾經多麼年少青春，

懷有多少的企圖與抱負……

……………………而順風順水的運氣

整整七年的時間裡完全不敢

離開我們的門檻一步——

但這一切都未能降低那恐怖的感受。

而我已經學會嘲笑它們，

學會留下一小滴紅酒，

加上一小塊麵包給深夜裡

那一位像狗一樣抓著門，或是

從矮窗裡探看的人備用，

那時我們在深夜努力嘗試

不去看發生在鏡子裡的事，

當沉重異常的腳步聲蹬蹬響起

黑漆漆樓梯間的階梯也跟著發出呻吟，

189　這是獻給前夫尼古拉‧古密略夫的詩。

190　指列夫‧古密略夫，是兩人唯一的孩子。

彷彿可憐兮兮地哀求原諒。

而你卻詭異地笑說：

「他們這是抱著誰在樓梯上走呢？」

如今你已身在大家都知道的那地方──你來告訴

我吧：

這房子除了我們還有誰在住？

　　　　　1921 年，皇村

＜之四＞ [191]

這就是──那幅秋日風景，

我一輩子都害怕看到：

天空像是熊熊燃燒的無底洞，

城市的聲音聽起來就像是

從彼岸世界傳來，永遠陌生。

彷彿是我內在的自己一輩子

與之對抗的那一切，竟獲得了獨立的生命，

還變成這些瞎盲的牆，變成這座黑色花園……

在那一刻我曾住過的那棟舊房 [192] 依然

191　這首是阿赫瑪托娃與病重的普寧在見面之後寫下的詩；其時普寧在前往
　　薩馬爾罕的救護列車上。

192　指噴泉屋。

從我肩後亦步亦趨地將我盯住

用一隻瞇著的，不懷好意的眼睛，

那一扇我永誌不忘的窗戶。

十五年的時間 [193] ——彷彿偽裝成

十五個花崗岩世紀，

可我自己就是花崗岩：

現在妳去祈求吧，去痛苦，叫自己是

海公主 [194]。反正都一樣。也沒有這必要了……

但是我有必要說服自己相信，

這一切已經發生過很多次，

不是只有我一人——其他人也是——

甚至更悲慘。不，不是更悲慘，而是更好。

而我的聲音從黑暗中傳出——

這顯然比其他一切都要更可怕：

「十五年前妳用什麼樣的詩歌

迎接這一天，妳祈求廣闊天空、

祈求星辰合唱，祈求流水合聲

一起來迎接妳和那個人的盛大約會，

而今日妳卻將那個人拋下離去……

193　指阿赫瑪托娃與普寧之間實質婚姻關係有十五年的時間（1923-1938）。

194　此處典故引自萊蒙托夫的詩〈海公主〉，普寧在與阿赫瑪托娃分手的時候叫她是「海公主」。

所以這就是妳的銀婚典禮：

妳去把客人叫來吧，去打扮自己，去盛大慶祝吧！」

1942 年，塔什干

＜之五＞

致奧爾舍夫斯卡雅 [195]

我，像一條河，

嚴酷的時代將我翻轉。

我的生命被掉了包。她 [196] 從旁流過，

而我在另一條河道裡浮沉，

認不出自己的河岸。

啊，多少風景被我錯過，

多少次舞台帷幕升起復降落

卻沒有我在場。多少人應該是我的朋友

有生之年卻一次也不曾遇過。

啊，有多少城市的輪廓

可能引發我眼中的淚水，

這世上我知道的就有一座

195　奧爾舍夫斯卡雅（Н. Ольшевская, 1908-1991），演員，詩人的好友，先生是作家阿爾多夫（В. Е. Ардов, 1900-1976）。阿赫瑪托娃時常拜訪夫妻倆位在莫斯科大奧爾丁卡街（Большая Ордынка）的住處。

196　指「生命」（жизнь），此詞的俄文是陰性。

即使在夢中用手觸摸我亦能將它找到。

啊，有多少詩歌我尚未寫就，

它們神祕的合唱隊伍總在我身邊環繞

或許還伺機想把我掐死⋯⋯

我已經熟悉各種開端和結局，

也熟悉一切結束之後的生命，還知道某一件

現在沒必要想起的事情。

某個女人 [197] 占據了

我唯一的位置，

使用了我最合法的名字，

只留給我化名，用這化名

我大概做了所有我能做的事⋯⋯

我會躺在，唉呀，不是自己的墳墓裡。

只是偶爾春天任性的輕風，

或是某個偶然入眼的書本裡的詞組

又或是某個微笑會忽然間牽引著我

引我走進那錯過未成形的生命。

在那一年裡可能發生某事，

而今年是像這樣的事：四處走走、看看、想想，

或是回憶，然後走進新戀情，

---

197 指古密略夫第二任妻子，也叫安娜，娘家姓氏為恩格爾加特（A. H. Энгельгардт, 1895-1942）。

像走入鏡中，帶著模糊

背叛的意識，以及昨日尚未

出現的皺紋……

‧‧‧‧‧‧‧‧‧‧‧‧‧‧‧‧‧‧‧‧‧‧‧‧‧‧‧‧‧‧‧‧‧

可是假若我真能從另一個命運的那一方

觀看我自己今日的生命，

很可能我會羨慕到死……

1945 年 9 月 2 日，噴泉屋（構思於塔什干）

＜之六＞

最後一處泉──是遺忘冷泉。
它能更甜蜜地消除內心的激情。[198]
普希金

回憶有三個時期。

而第一期──彷彿昨日種種。

心靈處在昨日回憶的神聖穹頂下，

身體在陰影中怡然自得。

流淚時，微笑依然不停，

桌上的墨漬怎樣也擦拭不去──

而那個吻像內心的烙印，

---

198 引自普希金 1827 年的詩〈三泉〉。

獨一無二、臨別依依，且永誌不忘……

只是這時期持續得不長……

接下來回憶已不是頭上的穹頂，而是郊外

某處遠離人煙的一棟屋子，

那裡冬冷夏熱，

整間屋子布滿蛛網與灰塵，

火熱的情書只等著蟲蛀爛掉，

肖像畫總是偷偷摸摸地更換，

人們到那裡，像去墓地祭拜，

回來時，趕忙用肥皂把手洗淨，

再從疲倦的眼瞼下抖掉

滾落的淚珠──最後再深吸一口氣……

只是時鐘滴答滴答流逝，春去也

而春又回，天空已轉成緋紅，

城市不斷更換著名稱，

事件的目擊者早已沒了蹤影，

無人可與之哭訴，無人可一起回憶。

而影子慢吞吞地從我們身邊離開，

我們早已不將它們召喚，

倘若它們返回還真會把我們嚇壞。

而午夜夢迴時我們會突然驚醒，發現

竟忘了返回僻靜小屋的路徑，

羞愧又憤怒到幾乎喘不過氣，

我們急急朝它奔去，但是（像夢中常見的那般）

那裡早已變了模樣：人事已非，連牆壁也改變，

沒有人認識我們——我們成了外人。

我們到的不是該去的地方……我的天哪！

而這下子最痛苦的時刻到來：

我們意識到，是否要將那過往

挪移到我們生命的邊境，

那過往之於我們早已陌生得如同外人，

像公寓的鄰居，

那些早已死去的人，我們可能已經認不出，

而那些注定要分離的人，

沒有我們也過得很好——甚至還是

越來越好……

1945 年 2 月 5 日，噴泉屋

之七

……而我沉默，三十年來我始終沉默。

沉默如北極冰山佇立

周圍黑夜環抱無以計數，

它[199] 逕自走來捻熄我的蠟燭。

死人就是這樣沉默，但那可以理解，

也比較不可怕……

我的沉默到處聽得見，

它充塞整間法院的大廳，

壓過議論紛紛的喧囂

它可能也可以，甚至就像是奇蹟，

為每樣事物打上印記。

它還插手每件事，噢，我的天！

是誰幫我想出這樣的角色？

就讓我即使只有一下子也好，

能和其他人有一丁點的相同，噢，天哪！

⋯⋯⋯⋯⋯⋯⋯⋯⋯⋯⋯⋯⋯⋯⋯⋯⋯⋯

難道是我沒把毒芹[200] 喝光，

所以我才會沒有死得

恰是時候——就在那關鍵的一刻？

⋯⋯⋯⋯⋯⋯⋯⋯⋯⋯⋯⋯⋯⋯⋯⋯⋯⋯

不，不是因為有誰在尋找這些詩集，

199　俄文「沉默」（молчание）是中性名詞，因此以代詞「它」表示。

200　毒芹（цикута），一種有毒的植物，長在水邊，據說蘇格拉底就是飲
　　　下一杯類似毒芹的飲料而死。

或是誰偷了它們，誰把詩集裝訂在一起，
或是誰將它們隨身攜帶，像偷偷戴著苦行僧鐐銬，
又或是誰把每個音節都倒背如流
⋯⋯⋯⋯⋯⋯⋯⋯⋯⋯⋯⋯⋯⋯⋯⋯⋯⋯⋯⋯⋯⋯⋯⋯⋯⋯⋯

不，我的夢想不是朝那飛去，
我的感激也不是為此而生，
為的只是那敢在鮮明的旗幟上
寫下我沉默的人，
以及那與它為伴，相信它的人，
還有那個將地獄深淵估量出深度的人
⋯⋯⋯⋯⋯⋯⋯⋯⋯⋯⋯⋯⋯⋯⋯⋯⋯⋯⋯⋯⋯⋯⋯⋯⋯⋯⋯

我的沉默委身在音樂和詩歌之間
藏身在某人可憎又可厭的愛情裡，
隱身在離別中，在書本裡⋯⋯
　　　　在世界上
最不能被理解的事物中⋯⋯
⋯⋯⋯⋯⋯⋯⋯⋯⋯⋯⋯⋯⋯⋯⋯⋯⋯⋯⋯⋯⋯⋯⋯⋯⋯⋯⋯

我自己有時都被它嚇到，
當它呼著氣、步步進逼，
用全身的重量將我擠壓。
我沒有任何防備，可以說完全沒有。
⋯⋯⋯⋯⋯⋯⋯⋯⋯⋯⋯⋯⋯⋯⋯⋯⋯⋯⋯⋯⋯⋯⋯⋯⋯⋯⋯

誰知道它是怎麼變得鐵石無情，

是怎樣把心燒成餘燼，又是用什麼樣的火，

妳好好想想吧！但其實誰也不在乎，

所有身在其中的人都很愜意，對它那麼熟悉。

你們全部都同意與我分享它的一切，

但是它終歸只屬於我。

∙∙∙∙∙∙∙∙∙∙∙∙∙∙∙∙∙∙∙∙∙∙∙∙∙∙∙∙∙∙∙∙∙∙∙∙∙∙

沉默它幾乎吞沒了我的心，

扭曲了我的命運，

而我總有一天會毀掉它，

並召喚死亡前去恥辱柱。

1958 年－ 1964 年，列寧格勒

憶斯列茲涅夫斯卡雅 [201]

而青春就像星期日的祈禱……

幾乎是不可能，然而妳總是都在：

妳在悠然的椴樹林蔭間，在圍城中，在醫院裡，

也在監獄的牢房中，哪裡有邪惡的凶鳥、

四處蔓生的野草、惡水，那裡就有妳。

201　阿赫瑪托娃中學時的好友，兩人的友誼維持一生。

噢，一切都改變了，但妳總是都在，

我還覺得，我一半的心都被帶走了，

那半顆心就是妳──那裡面我已知曉某件

重要事情的原因。但忽然間卻又全忘了……

可是妳響亮的聲音從那裡呼喚我，

要我別憂傷，還要我等待死亡如等待奇蹟。

好，就照妳的話！我會這麼試試看。

1964 年九月九日，科馬羅沃

在維堡 [202]

致拉迪任斯卡雅 [203]

巨大的水底階梯，

通向海神涅普頓的領地──

斯堪地那維亞在那裡凍得如一道陰影，

整座半島──如耀眼奪目的一個幻境。

歌吟沉寂──樂聲無語，

只有空氣燃燒著芬芳馥郁，

而白衣冬神屈膝跪地

202　維堡 (Выборг) 是俄羅斯西北部維堡區的行政中心，位於卡累利亞地狹
　　上，靠近俄羅斯和芬蘭的邊界。

203　拉迪任斯卡雅 (О. А. Ладыженская, 1922-2004)，俄國數學家，阿赫
　　瑪托娃在科馬羅沃的鄰居；本詩依據她跟詩人講述過的維堡行程而寫。

用祈禱時的全神貫注，將一切收入眼底。

1964 年 9 月 24 日，科馬羅沃

＊＊＊

泥土儘管不是來自故鄉，
但記憶卻是久長，
那冰冷而溫柔的海水，
總帶點淡淡的鹹味。

海底沙礫淨逾白堊岩，
而空氣醉人勝過紅酒，
還有群松的粉紅樹身
夕陽餘暉中赤身裸露。

而天際雲浪中的落日霞暈
竟是那麼一個我無法辨認的模樣，
是白日將盡，還是世界已走到盡頭，
或者又是一個祕密中的祕密，存放在我心頭。

1964 年 9 月 25 日，科馬羅沃

注釋 [1]

　　「時間的奔馳」一詞引自阿赫瑪托娃的一首四行詩，
1962 年初詩人原本是想以此作為新詩集當中的一個章節
的標題，但到了 1962 年底和 1963 年初之際，阿赫瑪托娃
的朋友妮卡・葛連（Ника Н. Глен, 1928-2005）和瑪麗
亞・彼得羅維赫（Мария С. Петровых, 1908-1979）在
幫忙詩人把要收進到詩集裡的手稿進行打字作業時，提出
了以「時間的奔馳」作為詩集名稱的建議。這本詩集的籌
備是在赫魯雪夫的「雪融時期」（Оттепель）[2] 的後期，
最初阿赫瑪托娃的設定是要出一本新詩選集，她想收入之
前因為審查因素而未能刊登的作品，例如始終未能誕生的
第六本詩集《蘆葦》（Тростник）中的詩，多為 1922 至
1940 年之間所寫的作品，此外，也想將自己從 1961 年之

1　本書注釋在若干部分，特別是關於《時間的奔馳》、《第七本詩集》和
　　《奇數》的文獻資料部分，主要參考的依據是 2012 年彼得堡阿茲布卡
　　出版社（Азбука）所出版版的，由克萊茵涅娃女士統籌並親自撰寫前言和
　　注釋的《安娜・阿赫瑪托娃作品小全集》（«Анна Ахматова. Малое
　　собрание сочинений»）。

2　赫魯雪夫的「雪融時期」是蘇聯歷史的一個非正式名稱，指史達林死後
　　赫魯雪夫在位執政的十年期，約從 1950 年代中期至 1960 年代中期，這
　　一時期蘇聯內政以批判史達林的個人崇拜、釋放政治犯、關閉若干不人
　　道的勞改營、緩和過於壓迫的政策，以及適度放鬆審查制度為特點。

後就一直在進行的詩組分類的工作成果呈現在詩集中，如詩組「獻給亡者的冠冕」、「摘自焚毀的筆記本」（因審查制度而改名為「薔薇花開」），以及敘事詩《安魂曲》和《沒有主角的敘事詩》裡的詩組，然而，這個按照詩人構想的出版計畫，在蘇聯時期，即便是赫魯雪夫的「雪融時期」，也注定無法實現。

　　「蘇聯作家」出版社從一開始就沒有打算替詩人出版所謂的新詩選集，最終這本阿赫瑪托娃生前最後的詩集是以舊詩加新詩詩選的全一冊形式出版，完整名稱是《時間的奔馳：1909 年至 1965 年詩選》，當中收錄了詩人早期已出版過的五本詩集，包括《黃昏》（1912）、《念珠》（1914）、《白鳥群》（1917）、《車前草》（1921）和《西元一九二一年》（1922）裡面的舊作，而新作則是從詩人未能實現出版願望的計畫草案像是《蘆葦》、《第七本詩集》和《奇數》等當中篩選出，而且必須得是通過蘇聯審查制度的詩作，在此前提下，《蘆葦》計畫草案中敏感的詩全部被刪除；「獻給亡者的冠冕」詩組全部被打散，其他詩組也是；再來就是從敘事詩當中節選而來的詩，例如《行遍大地》，而《安魂曲》被刪到只剩兩首；《沒有主角的敘事詩》也僅保留「最體面的」的第一部，改名為《一九一三年（彼得堡故事）》。整本詩集的形貌與阿赫瑪托娃最初的概念相距甚遠，儘管如此，當詩集於 1965 年

10 月問世，就在詩人過世之前的幾個月，阿赫瑪托娃還是開心地表示：「如此有分量的作品集我還未曾有過。」

　　阿赫瑪托娃生前最後一本書終究不是她心心念念的新詩選集，也非符合她原有的以詩組為主的概念詩集，詩人的願望最終未能實現，這實在令人悵惘！阿赫瑪托娃過世之後，有研究者依據詩人手稿和其身邊人士的檔案資料試圖復原《時間的奔馳》的計畫，這當中任職在彼得堡的俄羅斯國家圖書館手稿檔案部 (ОРРНБ) 的克萊茵涅娃（Н. Крайнева）女士非常積極，她依據其工作地點所保存的文獻資料和檔案手稿，再加上俄羅斯國立文學與藝術檔案館（РГАЛИ）當中所收藏的「阿赫瑪托娃個人檔案」，逐步將所有可能的《時間的奔馳》的計畫草案都蒐羅完整，而據克萊茵涅娃所言，阿赫瑪托娃最原始的計畫內容已經完全遺失，如今所留存的詩人手稿，在某種程度上已是一份妥協的計畫大綱，意即為了要通過計畫審查，即便是詩人的手稿，也已經是先經過自我審查的樣本，許多可能有疑慮、無法通過審查的詩已經被詩人先行篩除掉了。

　　阿赫瑪托娃自 1922 年第五本詩集《西元一九二一年》出版之後便沉寂許久，作為蘇聯時期的「境內僑民」（蘇聯對不符合官方寫作方針的作家和詩人的一個稱謂），阿赫瑪托娃完全不可能隨自身的意願出版新詩集或是刊登新詩，但若是官方有意要作為某種宣傳而將她的舊作（加上

審查過的新作）出版，那就另當別論。事實上，蘇聯時期官方出版社是有替阿赫瑪托娃出版過詩集，但這完全取決於政治氛圍，例如二戰爆發後，阿赫瑪托娃受邀上列寧格勒電台朗誦詩歌以激勵士氣，她的詩〈誓言〉隨即被刊登在雜誌上，她因此被視為是愛國詩人而重新被蘇聯文學圈接納，跟著出版社就發行了一本睽違已久的詩人的新書《六本詩集選》（1940）；甚至在疏散期間，另一本《阿赫瑪托娃詩選》（1943）也在塔什干出版。戰爭之後出版界一度以為黨和官方對阿赫瑪托娃「鬆綁」，陸續有多本新書出版計畫，但是在 1946 年 8 月的〈決議〉事件之後，所有計畫一夕停擺。到「雪融時期」出版社對阿赫瑪托娃詩集的出版仍是多所顧忌，好不容易才在 1958 年出版了一本《阿赫瑪托娃詩選：1909-1957》，1961 年又出版了一本《阿赫瑪托娃詩選：1909-1960》，但平心而論，這兩本詩集都只是官方出社意欲對詩人展示權威的示範，正是因為這兩本堪稱災難的詩選才催生出 1965 年的《時間的奔馳：1909-1965 詩選》，一本仍是在詩人多方妥協之下才得以誕生的詩集。

　　這裡要說的是，對阿赫瑪托娃而言，她心中的第六本詩集始終是那一本不曾出版過的《蘆葦》，作為總結她1920 年以後至 1940 年之間的創作路程；而 1940 年之後詩人的詩集計畫則是《第七本詩集》，之後又有《奇數》的

計畫名稱出現，依據克萊茵涅娃的注釋，這兩個是阿赫瑪托娃晚期最重要的詩集計畫，然而在 1946 年 8 月的〈決議〉事件之後，所有的出版計畫全部停擺，一直到 1950 年代後期的「雪融時期」，整個蘇聯文學圈的緊張氛圍處於較為寬鬆之際，阿赫瑪托娃才重燃出版詩集的希望，而新的出版計畫隨著「時間的奔馳」這個名稱被提出之後漸漸形成，詩人手稿的打字者葛連就在手記裡寫下：「阿赫瑪托娃正在為新詩集《時間的奔馳》而忙碌，《時間的奔馳》還有一個副標『第七本詩集』。」這段文獻資料清楚地說明，1940 年代就已經產生的《第七本詩集》和《奇數》這兩個計畫草案，最終在 1960 年代《時間的奔馳》的計畫出現之後，如水到渠成一般，《第七本詩集》先匯入進《時間的奔馳》中，而《奇數》也跟著被併入進這龐大的計畫裡。

中文版的《時間的奔馳》在詩選內容上秉持著一個堅持，它必須是阿赫瑪托娃認知的《第七本詩集》，也就是說，包括早期出版過的五本詩集，還有始終未能出書的第六本詩集《蘆葦》都不會放入到這本中文版的《時間的奔馳》當中；再來，《安魂曲》、《行遍大地》和《沒有主角的敘事詩》這幾部作品也會被排除，這三部作品最初是因為阿赫瑪托娃苦無發表的機會，而被迫打散，並以零散詩歌的方式放入詩集中，但如今《安魂曲》和《沒有主角

的敘事詩》都已經組織為結構完整的敘事詩，並且合併了另一首敘事詩《行遍大地》而成為敘事詩三部曲，它們的內容完整，規模龐大，單本詩集《時間的奔馳》早已經放不下這三部巨作，因此譯者亦不打算收入。中文版的《時間的奔馳》意圖呈現的就是阿赫瑪托娃自 1940 年以後（若干首選自 1930 年代後期）到 1965 年間的詩歌作品，這些作品大多以詩人經過深思熟慮而分類的詩組形式呈現，論述的主題皆有關創作、詩歌、大自然、戰爭的省思、個人內在與外在世界的體悟、對語言文字的探索，當然還有詩人一直以來所秉持的，貫穿一切事物的愛情的感受，主題豐富，詩體的類型多樣，音韻多變化，而意念深沉，這本詩集是認識阿赫瑪托娃內心世界的一把關鍵鑰匙。

「第七本詩集」 這個名稱早在阿赫瑪托娃於 1940 年出版《六本詩集選》之後便產生，詩集的概念則形成於 1946 年，原先計畫收錄詩人 1940 年至 1945 年之間的創作，此外也計畫收進一些早年寫就，但尚未出版過的詩作。這本詩集的打字稿在第一頁裡標示有「阿赫瑪托娃第七本詩集。1940 年至 1945 年。列寧格勒，1946 年」等字樣，而打字稿，不幸的，恰恰在 1946 年 8 月 14 日蘇共中央組織局〈關於《星》與《列寧格勒》雜誌的決議〉出來的前幾日交付到「蘇維埃作家」出版社列寧格勒分部，可想而知，待〈決

議〉一出，書稿便就此擱置在出版社裡無人聞問，且一擱就是七年。這本最終並未付梓的詩集稿一直拖到 1952 年始歸還給詩人。1960 年代阿赫瑪托娃在工作筆記上寫下：「詩集以『檔案保存到期』為由而被歸還」，而對這本被歸還的書稿阿赫瑪托娃也就這麼擱置，沒有任何動作。1957 年阿赫瑪托娃再次將注意力放到這本未竟的書，而這一次詩人將書名做了更動——「第七本詩集。奇數。阿赫瑪托娃詩選。1940 年至 1957 年。列寧格勒，1958 年」，原本在計畫中是獨立的兩本書《第七本詩集》和《奇數》至此合併為一本。阿赫瑪托娃開始積極書寫，不只增加新作，還把詩歌進行主題分類，也將之前編排的順序進行重組。然而，阿赫瑪托娃所有的努力不管是在 1958 年版的《詩選》，或是 1961 年版的《詩選》當中完全見不到任何蹤影，結果就是，一直到 1962 年為止，《第七本詩集》始終僅以手稿的方式存在。儘管如此，這份手稿裡包含了詩人對自己作品的修改、潤飾、增補等最重要的工作步驟，還顯示了大量的創作理念，當中某些部分已經實現，而部分則永遠地留存在手稿中。

目前所知的《第七本詩集》至少存有兩個草案版本，全都收藏在「彼得堡俄羅斯國家圖書館手稿檔案部」(ОРРНБ)，是詩人構思於 1960（或 1961）年間的大綱。

在生前最後一本詩集《時間的奔馳》裡阿赫瑪托娃親

自將書名「第七本詩集。奇數」拆成書裡兩個各自獨立的部分：《第七本詩集》和《奇數》。在《時間的奔馳》出版過程中，礙於審查機構的要求，阿赫瑪托娃將這兩個部分的內容幾乎全數重新排過，因此最後成書的《時間的奔馳》當中的《第七本詩集》和《奇數》兩部分裡的詩歌與詩人手稿中的內容幾乎完全不同。

「奇數」作為詩集當中的一個章節，其概念始於塔什干時期，這可以由「而我又處在歌吟前的憂煩／將奇數寫下並親筆落款」這句話作為見證。這兩句話出自 1943 年阿赫瑪托娃所寫的詩〈又一首抒情的離題插敘〉，詩的名稱原本是要拿來當作《塔什干敘事詩》前言的標題之用。在這之後「奇數」這個名稱曾經出現在兩本被謀殺掉的詩集裡，一本是《阿赫瑪托娃詩集：1909 年至 1945 年》，這本詩集於 1946 年 7 月出版，但到了 8 月阿赫瑪托娃就遭遇到〈決議〉事件，已經印好的詩集全部自書店下架並悉數遭到銷毀；另一本是《第七本詩集：1940 年至 1945 年》，這一本只有打字稿，從未成書，在〈決議〉事件之後這份手稿一直擱置在出版社，直到 1952 年以「檔案保存到期」為由歸還給詩人。1957 年，阿赫瑪托娃在那份被歸還的書稿的第一頁裡原本寫有「阿赫瑪托娃第七本詩集。1940 年至 1945 年。列寧格勒，1946 年」等字樣的下方添上了

那裡曾有個噴泉和幾張綠色長椅，
遠處是沙皇公園的龐然身影。
謝肉節期間——煎餅、窪坑和芬蘭馬車伕，
四月裡滿是泥土的氣味與爛腐，
還有第一次親吻的接觸……

　　——〈完全燒毀了，
　　　　我的玩具小城……〉

插圖：丘語晨

阿赫瑪托娃，1940 年，攝影者不明。

阿赫瑪托娃，1964 年，攝影者不明。

「奇數」，又把日期改成「1940 年至 1957 年。列寧格勒，1958 年」（請參考「第七本詩集」注釋）。

　　把 1965 年的《時間的奔馳》裡的《奇數》一節當中的詩和阿赫瑪托娃最初安排在《奇數》大綱裡的詩歌內容做一比較，會發現原大綱裡的詩歌一首都看不到，相反的，這些詩歌幾乎全部被挪到《第七本詩集》這一部分去了，（像是「一九四〇年代」、「戰爭之風」和「天頂的月亮」等詩組）。在詩人晚年的個人檔案中仍保存她將《奇數》作為單獨詩集的大綱手稿，而當中所選入的詩歌內容和排列順序既不同於 1946 年的詩集，也迥異於另兩份手稿〈奇數 I〉和〈奇數 II〉。這麼一來，關於《奇數》一節的詩內容的參考資料共有以下幾個來源：1946 年的詩集、手稿〈奇數 I〉和〈奇數 II〉、未能成書的〈奇數〉的出版計畫，以及生前最後的出版作品《時間的奔馳》當中的《奇數》。

第七本詩集

技藝的祕密

　　詩組名，此詩組形成於 1960 年代，「詩歌是神聖的技藝」這個主題與阿克美詩派最初關於「藝術是神聖的技藝」這一創作概念密切相關，也可以視為是對這個主題的的實踐。

1. 創作　　（頁 37）

噴泉屋——即現今彼得堡「阿赫瑪托娃文學紀念館」
（Музей Анны Ахматовой в Фонтанном доме）　的
所在地，為紀念詩人的百年冥誕而於 1989 年 6 月 24 日
成立，地址位於聖彼得堡鑄造廠大道 53 號（Литейный
проспект, 53）。噴泉屋原稱「雪烈梅捷夫宮」，蘇聯時
期此處被徵用為「趣味科學之家」，用以推廣科學，而其
附屬建物則變作公共公寓。噴泉屋被選來作為阿赫瑪托娃
的紀念館，主要原因在於這裡是詩人在彼得堡所有住所當
中居住時間最長的一處。1989 年「阿赫瑪托娃紀念館」原
本是以「杜斯妥也夫斯基文學紀念館分館」的方式開張，
但之後便獨立而出。該紀念館典藏有五萬件文物，包括「白
銀時期」詩人和作家的手稿或親筆題詞的書籍、阿赫瑪托
娃本人不同時期的出版品，以及珍貴手稿（詩人本人和其
同時代人的）。

4. 詩人　　（頁 39）

科馬羅沃——彼得堡近芬蘭灣處的一個夏季別墅區。
1955 年文學基金會提供了阿赫瑪托娃位在科馬羅沃一
間小木屋作為夏季別墅，詩人稱這間小木屋為「哨亭」
（будка）。

8. 關於詩　　（頁 44）

納爾布特於 1936 年遭到逮捕，1938 年 4 月 14 日在遠東區科雷馬（Колымский край）的一處勞改營中遭到槍決，但直到 1940 年其家人才得到他死亡的消息。阿赫瑪托娃寫這首詩的時間點（1940 年 4 月）應是在一獲得納爾布特死亡消息之後就寫下，時間點相當敏感，不可能被刊登，直到二十年後這首詩才有機會發表，即使如此，這首詩的標題和獻予的對象卻經過多次變動，1960 年在雜誌刊登時標題只是單純的「關於詩」，1961 年的《詩選》裡就加上了「致納爾布特」。除此以外，這首詩還另有一個名稱「關於納爾布特的詩」，也另有一個獻予的對象「致哈爾吉耶夫」，不過這部分隨後就被詩人刪除。納爾布特一直到 1980 年代末期才獲得平反。

9. 〈或許還有很多事物在引頸企盼……〉　　　（頁 45）

　　曼德爾施坦出生在波蘭華沙的一個猶太商人家庭，1897 年，曼德爾施坦六歲時全家便遷移到彼得堡定居。曼德爾施坦與古密略夫和阿赫瑪托娃是從「詩人車間」時期就認識的好友。曼德爾施坦早年曾遊學歐洲，到過海德堡和巴黎，對法國象徵主義詩歌十分著迷，而他的第一本詩集《石頭》（Камень, 1913）一出版之後就廣受好評。革命之後曼德爾施坦留在俄國，在報社和教育人民委員會工作，1919 年他認識了未來的妻子娜杰日達·哈金納（相

關資料請見〈De profundis〉一詩的注釋）。第二本詩集《Tristia》（拉丁文，憂傷，1922）在柏林出版。1920 年代中期曼德爾施坦轉而從事散文文論和小說創作，出版了散文集《時間的喧囂》（Шум времени, 1923）、中篇小說〈埃及郵票〉（Египетская марка, 1927）。1921年 8 月曼德爾施坦聽到古密略夫遭到槍決的消息，內心受到極度的震撼。1930 年代曼德爾施坦在布哈林的幫忙之下前往高加索地區考察，到過亞美尼亞、蘇呼米（阿布哈茲共和國首都）、提弗里斯（即現今的提比里斯）。蘇聯時期曼德爾施坦持續出版詩集，在蘇聯報刊上也不時可以看到詩人的散文作品。1933 年曼德爾施坦在一個約十五人的非公開場合中朗誦了一首詩〈我們活著，感覺不到腳下的國家〉（Мы живём, под собою не чуя страны），開啟了他接下來悲慘的命運。這首詩被檢舉為反史達林的詩，1934 年 5 月 17 日凌晨祕密警察進入曼德爾施坦位在莫斯科的公寓，阿赫瑪托娃恰好於前一晚拜訪曼德爾施坦夫婦，而且就借宿在他們家。搜索開始時，三人都驚嚇到不敢說話，搜索持續一整晚，結果是沒有找到那首詩。清晨時曼德爾施坦被帶往國家政治保衛總局（簡稱 ОГПУ，即格別烏［КГБ］的前身）的總部盧比揚卡大樓偵訊，後因布哈林的介入，向史達林求情，結果判決比預期輕，以「撰寫與散播反革命作品罪」而流放烏拉山東北方的一個

偏僻小鎮切爾登（Чердынь）三年。曼德爾施坦幾乎是立刻就被送走，而娜杰日達則是一路陪伴。然而一抵達切爾登，曼德爾施坦就在醫院的二樓試圖跳窗自殺，娜杰日達不斷打電話到莫斯科請求幫忙，之後曼德爾施坦改流放沃隆涅日（Воронеж，於 1934-1937 年），夫妻倆在那裡的生活極度清苦。沃隆涅日流放期結束後曼德爾施坦夫婦意外地竟獲准回到莫斯科，但是為期非常短暫，由葉若夫主導的內務人民委員會內部出現「解決曼德爾施坦問題」的提議，1938 年 5 月曼德爾施坦在莫斯科州的一處工會療養地再次被捕，詩人被移送到莫斯科市中心的布提爾卡監獄（Бутырка），1938 年 9 月 8 日遭判處流放遠東區勞改營。1938 年 12 月 27 日詩人死於遠東海參崴勞改營轉運站。

　　塔什干──烏茲別克的首都，阿赫瑪托娃於 1941 年下半年被疏散至中亞地區的塔什干，時間從 1941 年 11 月 9 日至 1944 年 5 月 14 日。

〈我們神聖的技藝……〉　　　（頁 48）

　　「即使陽光不再，有它世界仍耀熠」──這一句的概念源自曼德爾施坦的〈無名戰士之詩〉（Стихи о неизвестном солдате, 1937-1938）當中的一句「世界因我而有光」。

一九四〇年　　　（頁 48）

詩組名，1940 年代中期起阿赫瑪托娃陸續將 1940 年夏秋之間所寫的詩收錄進該詩組。

3. 影子　　（頁 50）

俄文詩歌中「影子」的運用深受德國浪漫主義，特別是霍夫曼（E. T. A. Hoffmann, 1776-1822）的影響，由此衍生出「幽靈」、「鏡中倒影」、「雙重人」等創作母題，包括屠格涅夫、杜斯妥也夫斯基，到二十世紀初現代主義詩人的很多作品中都可以見到這一類母題的運用。

戰爭之風

詩組名，此一詩組的名稱是阿赫瑪托娃在準備 1961 年的《詩選》時才首次出現，原詩組名為「列寧格勒詩組」。

誓言　　（頁 53）

這是阿赫瑪托娃第一首戰爭詩，1941 年 7 月寫完後隨即被列寧格勒電台放送，之後又刊登在《列寧格勒》雜誌上。這首詩成為戰爭期間阿赫瑪托娃最有名的一首詩（另一首是〈勇氣〉），它也讓列寧格勒人想起了這位久被遺忘的詩人。同年秋天重病的阿赫瑪托娃被人送上直升機，離開已經被圍城的列寧格勒，前往中亞疏散地——塔什干。

NOX. 夏日庭園的雕像「夜」　　（頁 58）

二戰期間德軍飛機不斷轟炸列寧格勒，為避免珍貴

文物受到損毀，所有夏日庭園裡的大理石雕像都被埋在園裡的泥土下。戴奧尼索斯的酒盅指夏日庭園裡的一座噴水池，池身雕有酒神戴奧尼索斯的頭像，而池子的造型如酒盅。愛神的眼睛指夏日庭園裡一尊名為「愛神與普敘喀（賽綺）」的雕像。姐妹戰神指女戰神米涅爾瓦（Минерва，即希臘神話中的雅典娜），夏日庭園裡確實有一尊名為「米涅爾瓦」的雕像。

致勝利者 （頁 59）

納爾瓦凱旋門位在彼得堡納爾瓦區的凱旋門（Нарвские триумфальные ворота），建於 1814 年，作為紀念俄羅斯帝國於 1812 年在對拿破崙的戰爭中取得勝利，原先為木造結構，1827 年至 1837 年重建為石造凱旋門，21 世紀又進行過修復。貝爾塔巨炮是德國製造的一種重型巨炮。「為朋友捨卻自己的生命」——語出〈約翰福音〉（15:13）：「人為朋友捨命，人的愛心沒有比這個大的。」（和合本），詩人將《聖經》原文做了若干變動。

〈而你們，我最新被召喚走的朋友！……〉 （頁 59）

這首詩最初刊出時有一個拉丁語的名稱「In memoriam」，此外，由於審查制度，詩人曾將最後四句做了修改，而本譯文依據的俄文版本則是復原了阿赫瑪托娃手稿中的最後四句。聖徒曆是俄國東正教會出版的一種

聖徒名冊（日曆），將每個月的每一日都設定為某一位聖徒的紀念日。「對上帝而言，本不存在死亡」——語出《聖經》〈路加福音〉（20:38）：「上帝原不是死人的上帝，乃是活人的上帝；因為在他那裡，人都是活的。」（和合本）

憶友人　　（頁61）

魯達科夫於1934年因「貴族出身」而被流放到沃隆涅日（1935年3月－1936年7月），在那裡他和曼德爾施坦夫婦，以及和前來探望曼德爾施坦的阿赫瑪托娃結為朋友。魯達科夫曾記錄下曼德爾施坦對詩歌的自我詮釋，為日後理解詩人的作品留下了資料；又替阿赫瑪托娃手繪了三幅側面剪影肖像。

天頂的月亮

詩組名，此一詩組主要寫於阿赫瑪托娃的塔什干疏散期，之後續寫於1950年代中期，後經整理並收錄進1961年的《詩選》。

1. 〈入睡時如傷心的女人哀怨……〉　　（頁63）

「東方，這就是你獨有的魅色！」——塔什干期間阿赫瑪托娃積極參與烏茲別克當地的作家組織，也在晚會和音樂會上演出。一開始她對東方的感受是陌生和模糊，之後便逐漸適應，她曾在手記裡寫下：「在塔什干，我第一

次了解到什麼叫燠熱、樹的濃蔭和水聲。我也了解到什麼
是人類的善良。」而從相關塔什干的詩歌裡可以看出，詩
人一邊適應新環境，一邊思念遠方的彼得堡，而等詩人回
到彼得堡後，塔什干的一切卻又在她的腦海縈繞不去。正
是在塔什干，阿赫瑪托娃於 1943 年又有新詩集出版，這本
詩集被阿赫瑪托娃暱稱為「我的亞洲女孩」。

2. 〈這是從列寧格勒驚懼的廣場……〉 （頁 64）

迦爾洵是蘇聯病理學家，醫學科學院的正式成員，
他與十九世紀下半葉短篇小說家弗謝沃洛德・迦爾洵
（Всеволод Гаршин, 1855-1888）是叔姪關係。迦爾洵自
1939 年起開始追求阿赫瑪托娃，對詩人給予很多的幫助，
也曾表達要與詩人共結連理的意願，但最後沒有實踐諾言。
阿赫瑪托娃對迦爾洵的追求並不避諱，她的朋友都知道迦
爾洵曾許諾她一個家。依據楚科夫斯卡雅所言，在1944年，
當阿赫瑪托娃從塔什干疏散地返回列寧格勒後，兩人關係
隨即生變，大吵一架之後，迦爾洵離開，在這之後兩人不
曾再見過面，從此以後阿赫瑪托娃對迦爾洵的事絕口不提，
直到迦爾洵過世，阿赫瑪托娃都無法將他原諒。

莉吉婭・楚科夫斯卡雅（Лидия Чуковская, 1907-
1996），小說家、詩人、傳記作家、回憶錄作者。莉吉婭
是蘇聯作家楚科夫斯基（Корней Чуковский）的女兒。

1938 年楚科夫斯卡雅經人介紹而認識了阿赫瑪托娃，兩個女人相識在大恐怖時期，主要都是因為家人被捕，前者是丈夫，後者是兒子。在與阿赫瑪托娃相處的過程中，楚科夫斯卡雅將詩人的談話內容鉅細彌遺地全部記錄下來，同時也協助阿赫瑪托娃將《安魂曲》的詩默記，而所有的談話記錄在赫瑪托娃死後仍被楚科夫斯卡雅仔細保存，卻苦無發表的機會。1976 年《阿赫瑪托娃札記》(Записки об Анне Ахматовой) 第一卷（1938-1941）終於在巴黎由 YMCA-Press 出版，第二卷（1952-1962）於 1980 年出版。札記在俄國的完整出版則是 1996 年的事，先在哈里科夫市；1997 年在莫斯科（改為一到三卷）。《阿赫瑪托娃札記》對理解詩人在沉默的 1930 年代的生活，詩人對詩歌、創作和同時代人的回憶提供了極為豐富的資料。

又一首抒情的離題插敘　　（頁 68）

　　《沒有主角的敘事詩》（1940-1962）是詩人晚期的代表作。阿赫瑪托娃待在塔什干期間原本想寫與該地點相關的敘事詩，然而腦中浮現的卻是與 1910 年代彼得堡文化相關的事件，最終塔什干敘事詩沒有寫成。至於「又一首抒情的離題插敘」原本是要當作該敘事詩前言的標題。

〈明月彎彎如一片查爾朱香瓜……〉　　（頁 72）

　　這首詩原本有一個法文名稱「Intérieur」（室內一

景）。查爾朱（Чарджуй）為土庫曼斯坦東部的一座城市，現今改名為土庫曼納巴德（Туркменабад），當地產的香瓜非常香甜。

新居

詩組名。疏散至塔什干期間，阿赫瑪托娃住過兩個地方，一是馬克思街 7 號房，另一個是茹可夫斯基街 54 號房，新居指的的是詩人從馬克思街搬到茹可夫斯基街。

女主人　　（頁 76）

伊蓮娜・布爾加科娃是作家布爾加科夫的第三任妻子，也是小說《大師與瑪格麗特》裡女主角瑪格麗特的原型，同時也是作家作品最主要的保存者。戰爭爆發後，伊蓮娜（其時已是布爾加科夫的遺孀）也被疏散到塔什干，正是在這裡阿赫瑪托娃與伊蓮娜認識，並讀了她帶來的《大師與瑪格麗特》的原稿。

四行詩系列

詩組名。按照克萊茵涅娃的注釋，此一詩組原由 12 首四行詩組成，其中有三首在《時間的奔馳》送審時遭遇審查不過的狀況。

〈戰爭算什麼？瘟疫又算什麼？——它們將臨的末日清清楚楚……〉　　（頁 79）

按照克萊茵涅娃的注釋，「時間的奔馳」這一個形象出自賀拉斯的頌詩〈紀念碑〉。

惡魔的終站　　（頁 80）

在萊蒙托夫敘事詩《惡魔》中，惡魔作為「否定的精靈」、「懷疑的精靈」，對不完美的世界有非常敏銳和鞭辟入裡的見解和看法。此外，萊蒙托夫描述惡魔被驅逐出天堂後，在世間四處漂蕩，最後選擇的棲居地就是高加索山脈，敘事詩裡的故事場景主要在格魯吉亞。

1891 年為紀念萊蒙托夫因決鬥逝世 50 週年而出版了兩冊一套的詩人作品全集，弗盧貝爾替此一套書畫了 13 幅插畫，其中絕大多數的畫作都與敘事詩《惡魔》相關，畫作草稿目前珍藏在莫斯科的特列季亞科夫畫廊。弗盧貝爾畫筆下的惡魔充滿了人性掙扎的悲劇色彩，畫家說他想呈現的惡魔「與其說是邪惡的，不如說是痛苦和悲傷的精靈」，以兩幅彩色畫作「坐著的惡魔」與「倒下的惡魔」為例，畫面中惡魔的臉有著大而明亮但悲傷的眼睛，臉部特徵還帶點陰性氣質，而與此相對，惡魔的身軀卻是水晶體結構的肌肉，以及拉長的，甚至扭曲的線條，加上黑色、棕色和深藍色的冷色系色調，弗盧貝爾的惡魔身上綜合了陰柔又陽剛、陰沉又激情、捉摸不定卻又執著的複雜特質，與萊蒙托夫筆下孤獨又冷漠的惡魔形象非常符合，但又具

個人特質。弗盧貝爾的畫作裡引人注意的還有一點就是，畫面中惡魔幾乎與周圍高加索山的崇山峻嶺融為一體。

紅色騎兵街（улица Красной конницы）是蘇聯時期列寧格勒市中心的一條街，阿赫瑪托娃於 1954 年至 1961 年間住在這條街。

在斯摩棱斯克墓園 （頁 85）

「東方仍以未被認知的空間蟄伏」──從這句話可以看出東方在阿赫瑪托娃概念裡最初的印象。

科洛姆納近郊 （頁 86）

詩人舍爾溫斯基和妻子伊蓮娜是阿赫瑪托娃的朋友。阿赫瑪托娃曾於 1936 年到夫妻倆位在科洛姆納近郊的別墅中作客，之後於 1952 年、1956 年又兩度受邀前往。

〈所有愛人的心都已在高遠星宿上……〉 （頁 87）

尼古拉・古密略夫，俄國詩人、翻譯家、「詩人車間」和阿克美詩派的領袖。古密略夫是阿赫瑪托娃的第一任丈夫，兩人於 1903 年在皇村認識，1910 年結婚，婚後育有一子列夫。古密略夫雖與阿赫瑪托娃結婚，但夫妻兩人基本上是各過各的生活，互不干涉。古密略夫從年輕時起就過著非常緊湊的生活節奏，1906 年起他便時常出國遊歷，先在法國索邦大學聆聽法國文學，同時在義大利和法

國各地旅遊。1909 年和 1913 年古密略夫兩次組織了阿比西尼亞探險，實現了自己的非洲冒險之夢。1914 年一戰爆發，古密略夫自願參軍，歷經了真實的戰役，獲得了聖喬治勳章，又隨著俄國遠征軍前往瑞典、挪威、英國等地。1918 年阿赫瑪托娃與古密略夫離婚，1919 年古密略夫再婚，娶了安娜‧恩格爾加特，阿赫瑪托娃則再嫁給東方學學者席列伊科，他是古密略夫和阿赫瑪托娃兩人從「詩人車間」時期就認識的老友。1920 年古密略夫進入「全俄詩人聯盟彼得格勒分部」。1921 年古密略夫出版了《帳篷》（Шатёр）和《火柱》（Огненный столп）兩部詩集，後者被認為是他最好的作品。古密略夫還成立詩歌工作坊，和年輕詩人分享寫詩經驗。生活在蘇維埃，古密略夫仍不隱瞞他的宗教和政治觀點，他公開在教堂裡為自己畫十字，又在詩歌晚會中回答聽眾，說他是一個「堅定的君主主義者」。1921 年 8 月 3 日，古密略夫遭到契卡（ЧК）人員的逮捕，他被控涉入「塔岡采夫彼得格勒軍事組織」的反蘇陰謀之中，儘管友人四處斡旋，試圖拯救，但是古密略夫仍於同年 8 月 26 日遭到槍決。這是一宗完全誣陷和捏造的事件，在這之後古密略夫的名字和作品在蘇聯完全被禁止提起，直到 1992 年，古密略夫連同「塔岡采夫事件」的受害者才獲得平反並恢復名譽。

塔岡采夫事件（Дело Таганцева）發生在 1921 年

8月3日的彼得格勒市（現今的彼得堡），八百多名彼得格勒的知識分子被控涉入陰謀推翻蘇維埃政權的「塔岡采夫彼得格勒軍事組織」而遭到逮埔，約有103人遭到射殺（包括在逮捕和拘留期間被殺害的人）。該事件是1917年10月革命後的蘇維埃俄羅斯最早由契卡（頭子是捷爾任斯基）發動的政治陰謀案件之一。根據2014年的調查，古密略夫和另外56名囚犯在逮捕後遭到嚴刑逼供，並於同年8月26日晚上遭到槍殺，直到今日槍決執行地點和埋葬地方仍無法確定。1992年該案被認定為全然的捏造，所有當年被控涉入「塔岡采夫彼得格勒軍事組織」案件遭定罪的人皆獲得平反。

最後一次返回　　（頁90）

　　此一詩歌的題詞遲至1950年代末才出現，在這之前引用的是安年斯基的詩當中的一句：「我已無路可去──回家吧／在月夜的寂冷中我朝那方向走去」。

肖像上的題詞　　（頁90）

　　維切斯拉娃是馬林斯基劇院（蘇聯時期叫基洛夫劇院）的台柱，阿赫瑪托娃經常到劇院觀賞她的演出，並會到後台找她聊天。維切斯拉娃與阿赫瑪托娃之間的友誼不僅跨越年齡，而且十分長久。

　　「施洗者約翰的人頭」通常會聯想到莎樂美和她的七

重紗舞蹈這個聖經主題，但是維切斯拉娃的著名舞碼中並沒有莎樂美這個角色，而從整首詩的悲劇氛圍與神話主題的運用來看，這更可能是詩人的自畫像。

CINQUE

詩組名，原本的名稱為「關於愛情的五首詩」。此一組詩是獻給英國駐莫斯科大使館外交官、文學評論者、作家以撒‧柏林爵士。柏林於 1945 年底至 1946 年初被派到蘇聯，期間兩次拜訪了住在列寧格勒噴泉屋的阿赫瑪托娃，一次在 1945 年的 11 月中，另一次見面是在 1946 年的 1 月 5 日。年輕的外交官柏林對與詩人的見面表現出極大的興趣，而阿赫瑪托娃則把所有想唸的詩歌，包括《沒有主角的敘事詩》都唸給柏林聽。與柏林的兩次會面激發出阿赫瑪托娃源源不絕的詩歌靈感，除了此一詩組外，在其他詩組如「薔薇花開」、「午夜之詩」，以及《沒有主角的敘事詩》裡，都可以見到柏林這位「未來的客人」（阿赫瑪托娃對柏林的稱呼）的身影。然而，與柏林會面一事其實受到了監聽，而且不同於阿赫瑪托娃的感受，蘇聯黨中央對此顯然抱持著全然相反的看法。在柏林離開蘇聯後不久就發生了 1946 年 8 月 14 日惡名昭彰的〈決議〉事件，該案由蘇共黨中央意識形態領導人日丹諾夫（Андрей Жданов, 1896-1948）一手主導。1946 年 8 月的〈決議〉

裡點名批判《星》和《列寧格勒》這兩本雜誌和編輯，原因是刊登了左申科和阿赫瑪托娃的作品，而這是「令人失望」的舉動。根據《真理報》的摘要整理，日丹諾夫指責阿赫瑪托娃的作品是「一個在閨房和祈禱室之間來回奔走的瘋女人的詩歌」，她的詩歌裡「最主要的是色情的主題，與悲傷、渴望、死亡、神祕主義，以及災厄的主題交織在一起。」左申科和阿赫瑪托娃被逐出蘇聯作家協會，原本排定出版的作品接連停擺（請參考「奇數」注釋），兩人還因此失去領取麵包卡的資格，而原本認識的人也紛紛對兩人避而遠之，這件事成為詩人晚期一連串不幸事件的開端。1988 年該決議被認為是一個錯誤，從而將該決議取消。

波特萊爾，法國詩人，象徵詩派的先驅，現代主義的奠基者，著有詩集《惡之華》與散文集《巴黎的憂鬱》。波特萊爾對俄國現代主義影響深遠。

2. 〈聲音在太空中燃盡軌跡……〉　　　（頁 92）

柏林曾寫道：「她（指阿赫瑪托娃）贈了我一本詩集，在書的首頁上她題了一首新詩，這首詩之後成為「Cinque」詩組當中的第二首，詩歌靈感的源頭應是阿赫瑪托娃和我的第一次會面。「Cinque」詩組裡還有其他關於我們會面的細節與暗示……我是阿赫瑪托娃自一戰以後所見到的第二位外國人，這使得我們的會面比所能期待的

意義還要重大許多。我想我是自鐵幕落下之後的第一位用她的語言和她交談的客人，並給她帶來多年下來因被切斷而不通的消息……有可能，她將我視為是世界末日的致命預言者，而這關於未來的悲劇性消息深深震撼了她，激發了她新一波的創作火花。」

4. 〈你自己明白，我不會浮誇……〉 　　　（頁 93）

　　「連灰燼也沒有留下的劇本」，按照克萊茵涅娃的注釋，此處指的是《埃努瑪·埃利什》（Энума Элиш），阿赫瑪托娃寫於塔什干時期，取材自巴比倫的創世史詩，但在回到列寧格勒之後便將它燒掉。《埃努瑪·埃利什》的名稱取自史詩起首句，意為「天之高兮」。

薔薇花開（摘自焚毀的筆記本）

　　詩組名，此一詩組亦同樣獻給柏林，內容關於外交官和詩人於 1946 年的兩次會面，以及十年之後，當柏林於1956 年再次前往莫斯科，並要求與阿赫瑪托娃見面，但1946 年的〈決議〉事件已經讓詩人從此成為驚弓之鳥，此外列夫才剛從流放地回來（1956 年），阿赫瑪托娃深自警惕，擔心兒子受到牽連，因此婉拒了與柏林的見面，而這個「婉拒見面」於是形成該詩組的創作母題——「不相見」，或是「不見之見」。

7. 〈沿著那條路，頓斯科伊……〉　　（頁 100）

德米特里・頓斯科伊在 1380 年於頓河流域上游的庫利科沃平原打敗金帳汗國大軍。此次戰役裡德米特里大公率軍前進庫利科沃平原時就是經過詩中描寫的科洛姆納旁的道路。

8. 〈世界上沒有這樣的人──是你將我虛構……〉　　（頁 101）

「永遠人去樓空的屋宇」是 1920 年代阿赫瑪托娃詩中的一個主要的母題，除了在 1922 年的詩作〈致許多人〉（Многим）中出現過，在另一首 1921 年的詩〈就讓管風琴的聲音再次發響……〉裡也同樣出現過。斯塔爾基位於科洛姆納近郊，詩人的友人舍爾溫斯基的別墅位於此地。

10. 〈就讓那人待在南方……〉　　（頁 103）

「我住在一間曾經夢到過的陌生屋子」，此處指阿赫瑪托娃夏季別墅的所在地科馬羅沃，這地點正位於芬蘭灣的地峽上，此處早年是芬蘭人的居住地（芬蘭語發音是「凱洛米亞基」（Kellomäki），周圍環抱無以計數的森林湖。

11. 〈別怕，我現在還更擅長……〉　　（頁 105）

「用火葬台結束這段兒女情長」──阿赫瑪托娃非常善用文學典故，這裡用維吉爾的《埃涅阿斯紀》當中埃涅阿斯與蒂朵的這一段故事來比喻自己和柏林的關係，確實

是妙用。埃涅阿斯是安基塞斯王與愛神阿芙蘿黛蒂的兒子，他在特洛伊戰爭中曾挺身保衛過特洛伊，但在該城陷落的前夕逃離該城，並遵循神諭，前往義大利海岸以圖建立羅馬城。埃涅阿斯在航行途中於迦太基登陸，他與迦太基女王蒂朵產生短暫戀情。蒂朵想把埃涅阿斯留在身邊，但是宙斯和愛神卻派信使墨丘利提醒埃涅阿斯必須繼續旅程，還建議他悄悄離開迦太基。當蒂朵發現埃涅阿斯一行人乘著艦隊離去，她發出著名的詛咒，使迦太基人永遠反對特洛伊人。之後她爬上為自己修築的的火葬台，從那裡拔出埃涅阿斯留下的寶劍。之後蒂朵回到寢宮，回憶自己作為女王一生的功過，她承認自己愛上埃涅阿斯是最大且無法挽回的錯，最終她將劍插入胸口結束了生命。

〈一個人徑直前進邁大步……〉　　　（頁 107）

　　按照克萊茵涅娃的注釋，該詩在作者單獨的手稿中的名稱是〈Pro domo mea〉（拉丁語：為了我的家，典故出自古羅馬的演說家西賽羅）。

〈……而那個人，之於我內心的糾結……〉　　　（頁 108）

　　按照克萊茵涅娃的注釋，迦爾洵晚年有精神問題，這首詩講述的就是這個傳聞。

敘事詩將寄未寄之時　　　（頁 109）

按照克萊茵涅娃的注釋，1963年《沒有主角的敘事詩》進入最後一校。敘事詩寄予的對象指的可能是柏林（這首詩於 1964 年第一次被刊登出來，是被放在阿赫瑪托的戲劇作品《序幕》（Пролог）之中，在該劇當中包括「影子」（Тень）與「客人」（Гость）這兩個角色一般猜測是指柏林）；另一個可能的人物是作曲家盧里耶。革命之前盧里耶曾與阿赫瑪托娃傳過緋聞，詩人亦寫了不少詩獻給他。1922 年盧里耶離開蘇聯，當他在美國讀到了部分的《敘事詩》，就為該作品譜了曲。

莫斯科三聯作

詩組名。按照克萊茵涅娃的注釋，該詩組原名「莫斯科水彩集」。

午夜之詩（詩七首）

詩組名。是阿赫瑪托娃以詩組為概念在最短時間完成的其中一組詩，書寫時間集中在 1963 年春天到秋天之間。1965 年在籌備《時間的奔馳》出版過程時加上「午夜之詩」的標題，並補上最後一首詩「代後記」。

春來臨前之哀詩　　（頁 113）

依據克萊茵涅娃的注釋，阿赫瑪托娃將奈瓦爾原詩的詩句「妳給我以安慰」（toi qui m'as consolé）當中的動

詞由陰性改為陽性，詩句變成「你給我以安慰」（toi qui m'as consolèe）。

鏡中世界　　（頁 114）

　　按照克萊茵涅娃的注釋，題詞出自賀拉斯獻給愛神維納斯的誦詩（《歌集》第 III 卷，26 詩）。賀拉斯是古羅馬詩人。塞普勒斯地處地中海進入西亞地區的要衝，自古就是地中海各家勢力爭奪之地，公元前 58 年，羅馬共和國時期成為帝國東部重要的經濟貿易中心。孟非斯曾為埃及古王國首都，鼎盛時期是商業、貿易和宗教中心。

奇數

海濱十四行詩　　（頁 123）

　　該詩原名為「夏季十四行詩」或「最後的十四行詩」。據詩人的友人回憶，這首詩是緣於詩人在一次科馬羅沃墓園附近的環湖散步時所創作。這首詩被視為是阿赫瑪托娃後期的傑作之一，以其內容的深度和形式的完美吸引讀者；主題是死亡，但是通篇沒有任何一個詞彙提到死亡。

　　十四行詩（сонет）為一種詩歌體，莎士比亞、普希金都擅長這種詩歌體，它最固定的特徵為十四行詩句，而其他像是每句必須以句點作結，沒一個字是重複等等的規

則執行並不嚴格。

音樂　　（頁 124）

阿赫瑪托娃熱愛音樂，從某方面來說，蕭士塔高維奇的作品甚至是詩人內心的一個重要支撐。1958 年當詩人的詩集出版，她將一本題了詞的詩集送給蕭士塔高維奇，當時〈音樂〉這首詩並沒有被收錄進去，於是阿赫瑪托娃便親自手寫了這首詩，再將詩夾進到詩集裡送給作曲家。

片段　　（頁 124）

聖三一節（Троица）是東正教盛大且歡樂的節日，慶祝耶穌基督復活之後的第五十日，祂的聖靈降臨在使徒面前。

短歌集

詩組名。按照克萊茵涅娃的注釋，此一詩組首次被編纂是在 1965 年籌備《時間的奔馳》之時，但詩集出版後卻缺了〈祝酒之歌〉和〈愛情之歌〉兩首，現在按照詩人手稿的大綱還原詩組的詩歌順序。

5. 臨別之歌　　（頁 132）

〈臨別之歌〉整首詩裡都沒有出現主詞，但是四個主要的動詞如笑、唱、沉默和想要皆為陰性過去式，合理推測被省略的主詞應是代表抒情女主角的「我」。阿赫瑪托

娃詩裡的主詞被省略，較常發生在她晚期的詩中。

6. 最後之歌　　（頁133）

同上一首〈臨別之歌〉一樣，這首詩前半部的主詞全部被省略，直到最後才出現「我」。

詩集裡的畫像　　（頁137）

這首詩有好幾個名稱，如「作者年輕的肖像」、「第一本詩集的畫像」、「舊鏡之中，或是《黃昏》詩集的題詞」等，看得出阿赫瑪托娃描寫的是關於她第一本《黃昏》詩集裡一張由藝術家朗歇爾（Е. Лансере, 1875-1946）所繪的畫像，但事實上，阿赫瑪托娃詩中所描寫的內容與朗歇爾的畫像完全沒有關聯，反而比較像是詩人在描寫自己年輕時期的自畫像。

詩三首

這三首都是獻給俄國象徵派詩人布洛克的詩，是阿赫瑪托娃在準備1961年的《詩選》才形成的詩組，她還加上創作年代，即1944年至1960年。

布洛克於1921年過世前曾在普希金之家發表演說，題為「詩人的使命」，隔日寫下詩作〈致普希金之家〉。

II. 底比斯的亞歷山大　　（頁140）

1961年10月阿赫瑪托娃在第三次心肌梗塞之後住進

了醫院，一直治療到隔年 1 月。

〈又來到那些個「無法遺忘的日期」……〉　　　（頁 141）

　　刺激書寫這首詩的最主要因素應該是詩人與迦爾洵在 1944 年 7 月的最終分手，不過詩中所提到的「無法遺忘的日期」卻指向阿赫瑪托娃與古密略夫以及和席列伊科的離婚。

〈要是世上所有曾經向我……〉　　　（頁 142）

　　庫茲明（М. А. Кузмин, 1872-1936），詩人，阿赫瑪托娃於「詩人車間」時期的同志，是她第一本詩集《黃昏》的編輯。此處引用他的詩〈假如我是古代統帥……〉。

獻給亡者的冠冕

　　詩組名。該詩組所有的詩都寫於不同時期（1921-1961），在籌備《時間的奔馳》期間阿赫瑪托娃修改、書寫、分類並歸納為同一詩組（原先曾有一個標題「我深愛的影子」），然而在詩人生前因審查制度之故，並未收入進 1965 年版的《時間的奔馳》中。此次依據詩人計畫大綱和手稿而復原生前計畫。

I. 恩師　　　（頁 143）

　　安年斯基的詩歌深受法國象徵主義詩人的影響，1904 年他以筆名「無名之輩」（Ник. Т-о）發表詩集《寂靜的

詩歌》（Тихие песни），然而沒有引起任何關注。這個筆名是安年斯基以自己的名字和姓氏的縮寫構成，「無名之輩」，也是「沒有人」之意，後者是奧德修斯在對抗獨眼巨人時的自稱，安年斯基引用了這典故作為筆名，卻不幸預言了自己的命運：作為詩人他生前沒沒無名，然而安年斯基死後一年，由詩人的兒子幫忙發表的第二本詩集《柏木匣》（Кипарисовый ларец, 1910），卻引起極大的迴響，廣為詩壇推崇，這本詩集更深刻影響了俄國的象徵主義、阿克美派、未來派等俄國現代詩歌流派。阿赫瑪托娃認為自己就是受安年斯基這本詩集的影響才會投身寫詩，因而尊稱他為恩師。

II.〈De profundis……我的世代……〉　　（頁 143）

　　娜杰日達・曼德爾施坦（Надежда Мандельштам, 1899-1980）是詩人曼德爾施坦的妻子，詩人手稿的主要保存者。娜杰日達出身在俄羅斯薩拉托夫省的一個猶太人家庭，父親是彼得堡大學法律與數學博士畢業，擔任律師一職，娜杰日達是家中最小的孩子。1919 年在基輔的一家咖啡館裡娜杰日達和曼德爾施坦認識，陷入熱戀，1922 年兩人結婚。1933 年當曼德爾施坦因反史達林的詩而被逮捕，不管是在莫斯科的盧比揚卡監獄受審，或是被判處流放切爾登，娜杰日達都全程陪同。當曼德爾施坦一抵達切

爾登，娜杰日達就注意到詩人的精神狀態出現問題，她寫信給布哈林請求幫助，布哈林寫信給史達林，之後曼德爾施坦便獲准前往自己選擇的（其實是娜杰日達）流放地沃隆涅日，兩人在流放地的日常生活、交往的人物，以及之後發生的事件，全都被娜杰日達仔細地紀錄到《回憶錄》（Воспоминания）一書中，成為研究曼德爾施坦生平和作品的第一手資料，不只如此，這本書甚至成為紀錄史達林時期蘇聯狀況的鮮活資料。1938 年 5 月 1 日深夜，曼德爾施坦第二次被逮捕，之後直接送往勞改營，最終死在海參崴。在這之後娜杰日達的生活就是由逃跑和保存丈夫的手稿所構成，她擔心自己成為契卡追捕的對象，從來不會在一個地方待上太久，又擔心自己一旦遭到搜索和逮捕，丈夫的手稿會遭到銷毀，於是便把丈夫所有的詩歌和散文全部都背起來。

　　德蘇戰爭爆發後娜杰日達歷經千辛萬苦，最後抵達中亞，並在阿赫瑪托娃的協助下前往塔什干，在那裡娜杰日達取得大學畢業資格，開始教授英語，之後她便以此為生。1960 年代起她開始在距離莫斯科 101 公里的小鎮塔魯薩定居並撰寫《回憶錄》，此時的她身邊開始形成異議分子的談話圈。在生命的晚期娜杰日達終於在莫斯科取得一間套房公寓，她把家裡布置成文學活動沙龍，眾多的知識分子與文藝愛好者時常在那出入，輪流照顧她，直到生命的最

後一日。娜杰日達是丈夫曼德爾施坦作品的第一捍衛者，對任何與自己看法不同的異議者她都不惜與之一戰。

III. 憶布爾加科夫 　　（頁 144）

布爾加科夫，蘇聯小說家、劇作家、戲劇導演、演員，代表作《年輕醫生的手記》（Записки юного врача, 1925-1926）、《白衛軍》（Белая гвардия, 1925）、《致命的蛋》（Роковые яйца, 1925）、《魔鬼》（Дьяволиада, 1925）、《狗心》（Собачье сердце, 1925, 1987）、和《大師與瑪格麗特》（Мастер и Маргарита, 1940, 1966）。布爾加科夫是蘇聯幻想諷刺小說家，這個特點在他 1925 年的小說《狗心》裡可說是一覽無遺，這本對 1920 年代蘇聯現況極盡針砭諷刺的作品導致小說尚未發表就被政治保衛局派人抄走，在這之後作家就成為蘇聯官方媒體謾罵的對象，所有作品也被封殺。1926 年布爾加科夫轉戰劇場，起初頗為成功，他的劇本《佐雅的公寓》（Зойкина квартира, 1926）在莫斯科的瓦赫坦戈夫劇院（Театр им. Вахтангова）首演成功，然而自 1930 年起他所有的劇目被刪除，無奈之下作家寫信給史達林，要求工作機會。在這之後布爾加科夫獲得了在莫斯科藝術劇院（МХАТ）擔任助理導演的機會，1936 年又轉往大劇院，擔任編劇和翻譯。1939 年布爾加科夫的健康

狀況迅速惡化，他失去了視力，於是他開始跟妻子（第三任，即伊蓮娜）口述小說《大師與瑪格麗特》，伊蓮娜不僅負責聽寫、打字、校稿，還有重打備份，整部小說便是在伊蓮娜超乎常人的犧牲之下才得以保存（關於布爾加科娃，請見〈女主人〉的注釋）。1940 年 3 月 10 日布爾加科夫過世。1966 年《大師與瑪格麗特》的刪節版首次在《莫斯科》雜誌上發表，為布爾加科夫帶來了世界聲響；1987年《狗心》完整版終於首次在莫斯科雜誌《旗》上發表，距離創作之日已相隔六十二年。

阿赫瑪托娃與布爾加科夫，一個是詩人，一個是小說家，兩人共同點不多，不過阿赫瑪托娃稱《大師與瑪格麗特》是天才之作，還為小說家寫下紀念詩，這首詩也成為詩人的代表作品。

IV. 憶鮑里斯・皮利尼亞克　　（頁 146）

皮利尼亞克是蘇聯成立後新文學的奠基者之一，其作品《荒年》（Голый год, 1922）以黑暗寫實的手法，將革命描寫成如農民暴動一般的自發事件，並凸顯自發的無政府主義勢力與布爾什維克之間，以及革命者與中央權力機關之間的矛盾衝突，這本小說引起國內外廣泛的注意。小說《不落的明月》（Повесть непогашенной луны）於 1926 年發表，內容描寫革命將領伏龍芝在聲勢

頂峰之時遭到解職，並根據最高命令被強迫進行外科手術，最後命喪手術台。儘管沒有明言，但內容幾乎直指史達林為幕後黑手，皮利尼亞克和刊登作品的《新世界》雜誌因此遭到蘇聯官方的猛烈攻擊，儘管如此，作家還是憑藉他在蘇聯文壇的地位而繼續出版作品。小說《紅木》於1929年在國外的柏林出版，此舉違反蘇聯作家出版規定，他因這一個把柄而被逐出「拉普」，也被撤銷全俄作協主席職務。皮利尼亞克只能公開懺悔，並在接下來的小說《窩瓦河流入裡海》(1930) 中試圖符合當局的寫作要求，努力歌頌蘇聯偉大的五年計畫，然而皮利尼亞克仍沒能躲過大恐怖時期的追殺，他於1937年10月被捕，地點在佩列捷爾金諾（Переделкино，位在莫斯科西南方，是蘇聯當局專門開發出來，提供給蘇聯作家使用和居住的別墅區，高爾基、皮利尼亞克、巴別爾、巴斯特納克、卡塔耶夫、奧庫查瓦、葉夫圖申科等都在這裡住過，因此這裡被俄國人稱為是琥珀區。然而該區也有不祥的陰影，像是皮利尼亞克和巴別爾就是直接在這裡遭到逮捕。）的自家別墅裡，隔年4月作家以「叛國罪」的罪名遭到槍決（因之前到過日本）。皮利尼亞克一直到1956年始恢復名譽。

V. 〈我躬身面對它們，一如俯身命運……〉　　　（頁147）

「仍是同樣的空氣，如同那個夜裡」，此句指曼德爾施坦因為反史達林的詩遭到檢舉，1934年內務人民委員會的搜查人員進入詩人家中翻箱倒櫃地搜索，並抄走所有稿件，那天阿赫瑪托娃剛好在曼德爾施坦家中作客，親眼目睹整個搜索過程，這對阿赫瑪托娃日後的創作產生極大的影響，在這之後她習慣在碎紙片寫下詩句，讓身邊朋友記下後，隨即用火柴將碎紙在煙灰缸裡燒掉。

VI. 遲來的回覆 　（頁148）

這首詩阿赫瑪托娃寫於1940年，而1941年6月在德蘇戰爭發生前幾日，阿赫瑪托娃與茨維塔耶娃，這兩位20世紀最有名的俄國女詩人，生平第一次，也是最後一次的會面產生了，但是會面的實際內容無人知曉，唯一知道的是兩人對彼此都不甚滿意（事實上，會面發生在阿赫瑪托娃前往莫斯科的一趟行程裡，兩人接連兩天見面，但阿赫瑪托娃在手記裡將兩人的見面視為一次）。此外，〈遲來的回覆〉這首詩（當時沒有標題）在這次會面時茨維塔耶娃並未讀到。1960年代，阿赫瑪托娃將這首詩修改完成後，加上了的標題，並將茨維塔耶娃寫給自己的詩〈阿赫瑪托娃〉（1921）作為題詞放入詩中。

茨維塔耶娃於1910年自費出版了第一本詩集《夜晚紀念冊》（Вечерний альбом），馬上就引起詩壇的注

意。1912 年 2 月又出版了《魔法燈籠》（Волшебный
фонарь），成為廣受歡迎的詩人，但始終未加入任何詩
歌流派。1911 年茨維塔耶娃前往詩人沃洛申位在克里米亞
的「詩人之家」訪問，在科克特貝爾（Коктебель）認識
了未來的丈夫埃夫隆（Сергей Эфрон），1912 年兩人結
婚，同年有了女兒阿里阿德娜。革命發生前，這一家人固
定前往沃洛申的「詩人之家」度夏，這是茨維塔耶娃一生
中最快樂的時光。1914 年茨維塔耶娃遇到了蘇菲亞·帕諾
克，兩人發展出密切的同性情誼，她為此寫了「女朋友」
詩組，但 1916 年茨維塔耶娃便結束了這段關係，回到丈夫
身邊。

　　內戰時期茨維塔耶娃生活非常艱困，埃夫隆長期不在
身邊，她一人帶著兩個女兒，時常處於挨餓的狀態，小女
兒三歲時餓死在寄養的孤兒院。1921 年 6 月茨維塔耶娃
得知埃夫隆還活著，但人已在布拉格，年底茨維塔耶娃決
定離開俄羅斯，離去之前，她在莫斯科出版了詩集《里程
數》（Вёрсты），同時在柏林也出版了她的詩集《離別》
（Разлука）。

　　1922 年茨維塔耶娃帶著女兒與丈夫在柏林會面，接著
前往布拉格。在那裡她待了三年，寫下著名的〈山之詩〉、
〈結局敘事詩〉（Поэма конца）等作品。1925 年兒子
格奧爾吉（暱稱是穆爾）出生，她帶著兒子和女兒搬到巴

黎，丈夫拖延了一陣子才跟著來巴黎，一家人的生活處於極度窮困的狀況，全靠茨維塔耶娃的寫作維生。

1926 年在巴斯特納克的建議下，茨維塔耶娃與奧地利詩人里爾克開始通信，並維持到年底里爾克過世為止。整個僑民時期茨維塔耶娃都沒有停止和巴斯特納克通信。1928 年她的最後一部作品《俄羅斯之後》（После России）在巴黎出版。1930 年當她聽聞馬雅科夫斯基自殺的消息，便寫了詩組「馬雅科夫斯」以紀念詩人。

1930 年代茨維塔耶開始寫散文，《我的普希金》、《母親和音樂》、《老皮門之家》等散文集都獲得出版，儘管如此，茨維塔耶娃一家在巴黎的生活始終在貧困之中，幸好莎樂美·安德羅尼可娃不時給予經濟上的幫助。

1937 年埃夫隆決定返回俄羅斯，茨維塔耶娃對此堅決反對，大女兒阿里阿德娜卻支持父親。阿里阿德娜和埃夫隆前腳跟著後腳離開法國，茨維塔耶娃只好帶著兒子於 1939 年也返回蘇聯，一家人住在莫斯科近郊一幢內務人民委員會配給的別墅。同年 8 月阿里阿德娜被捕，10 月埃夫隆被捕。1941 年埃夫隆遭槍決。阿里阿德娜遭監禁和流放 15 年。這段期間茨維塔耶娃幾乎沒有寫詩，只有翻譯。

德蘇戰爭爆發，茨維塔耶娃帶著兒子，與幾位作家一起被疏散至卡馬河畔的葉拉布加鎮（Елабуга，俄羅斯韃靼斯坦共和國卡馬河畔的一個小城），他們住在奇斯托波

爾，茨維塔耶娃獲得居留許可證，她還提出一張申請，希望能獲得文學基金會公共餐廳洗碗工的工作，日期註明是 1941 年 8 月 26 日，但數日之後，1941 年 8 月 31 日，她被發現在一處屋子裡上吊自殺，留下三張遺書，一張是給兒子，另外兩張是將兒子託孤。茨維塔耶娃自殺的真正原因和確切的埋葬地點至今仍存有爭議。

　　瑪琳基納塔樓位在今日莫斯科州內的科洛姆納古城中的克里姆林裡，是俄國少數保存至今的七座古老塔樓之一。瑪琳基納塔樓名稱的由來，據說與十七世紀初的偽德米特里一世（Лжедмитрий I, 1582-1606）有關，當偽王被莫斯科義勇軍推翻後，偽王之妻瑪琳娜·姆尼舍克（Марина Мнишек, 1588-1614）是一位波蘭督軍的女兒，她就被幽禁在此處。詩人茨維塔耶娃的名字也是瑪琳娜，阿赫瑪托娃顯然是借瑪琳基納塔樓的典故來陳述茨維塔耶娃的傷痛。

　　茨維塔耶娃是莫斯科大學教授茨維塔耶夫的女兒，出身書香世家，茨維塔耶夫教授還是莫斯科造型藝術博物館的創建者，但是茨維塔耶娃返回蘇聯後幾乎無家可歸，也無工作維生。

VII. 致鮑里斯·巴斯特納克　　（頁 150）

　　阿赫瑪托娃寫給巴斯特納克的詩共有六首，其中三首

（或四首）都放進了此一詩組中。巴斯特納克於 1910 年代間進入詩壇，一開始與未來派走得較近，1920 年代他被歸類為馬雅科夫斯基的「列夫」（ЛЕФ，左翼陣線藝術）陣營，即使如此，巴斯特納克仍試圖保持自己獨立的地位，不受任何一方勢力牽引。革命之後巴斯特納克積極參與蘇聯作家協會的工作，官方亦認可他的創作，1934 年第一次蘇聯作家代表大會上巴斯特納克發表談話，會中出現將巴斯特納克認可為蘇聯最好的詩人的提議。憑藉著蘇聯官方對自己的肯定態度，巴斯特納克盡可能地幫助落難的藝文工作者，例如在 1935 年當阿赫瑪托娃的丈夫普寧和兒子列夫被逮捕，巴斯特納克挺身相助，和阿赫瑪托娃一起寫信向史達林陳情，很難說是否真是因為這兩封信發揮的效果，但普寧和列夫確實迅速獲得釋放。不過，到了 1936 年，蘇聯官方對巴斯特納克的態度丕變，開始出現指責他的言論，巴斯特納克對蘇聯政權的熱情就冷卻下來，而詩歌內容便轉向個人化和悲劇性內涵。自 1936 年起巴斯特納克開始在莫斯科西南方的佩列捷爾金諾村的蘇聯作家別墅區住下，這裡便成為詩人直到生命末期最固定的住所。大約在 30 年代末期起巴斯特納克開始從事翻譯，他翻譯了包括莎士比亞的《哈姆雷特》、歌德的《浮士德》、席勒的《瑪麗·斯圖亞特》等經典悲劇，譯稿的稿費成為他最主要的經濟來源，而他也用這筆錢資助許多人，如茨維塔耶娃的女兒

阿里阿德娜。1945 年起巴斯特納克總共花了十年的時間書寫小說《齊瓦哥醫生》（Доктор Живаго），但蘇聯出版社拒絕出版，小說最後是在國外沸沸揚揚地出版，並且被大肆宣傳。1958 年巴斯特納克以這部小說獲得諾貝爾文學獎（在這之前他已經被提名了十次），但四天之後卻由於蘇聯「眾多輿論」的反對，蘇聯作家協會開除巴斯特納克會籍，而作家本人則不得不發表聲明拒絕領獎。在最後兩年的生命裡巴斯特納克都在「痛苦與孤寂中度過」。

巴斯特納克出版的詩集有《雲中的雙子星座》（Близнец в тучах, 1914）、《生活 ——我的姐妹》（Сестра моя — жизнь, 1922）、《主題與變奏》（Темы и вариации, 1923）、《第二次誕生》（Второе рождение, 1934）等，散文集則有《安全證書》（Охранная грамота, 1914）和《天空之路》（Воздушные пути, 1933）。

巴斯特納克總是竭盡所能地幫助阿赫瑪托娃，而阿赫瑪托娃對巴斯特納克很是愛護，對所有巴斯特納克的作品，包括翻譯，都給予最大的重視。

帖木兒（Тамерлан, 1336-1405）是突厥化的蒙古軍事將領，建立了帖木兒帝國（約 1370 年），首都位在薩馬爾罕（今烏茲別克境內大城）。帖木兒對中亞、南亞和西亞的歷史發展具有關鍵性作用，甚至對高加索、窩瓦河沿

岸和羅斯（俄羅斯十六世紀以前的稱呼）亦有很大的影響。

客西馬尼園是耶路撒冷的一個果園，位於橄欖山（Елеонская гора）下的汲淪谷。根據《新約聖經》，耶穌在被逮捕的前夜，和他的門徒在最後的晚餐之後前往此處禱告，正是因為這樣才讓猶大找到了耶穌。〈路加福音〉（22:43-44）記載，耶穌在客西馬尼園極其憂傷，「汗珠如大血點滴在地上」（和合本）。

安蒂岡妮是底比斯王伊底帕斯（царь Эдип）與其母伊俄卡斯忒在不知情的情況下亂倫後生下的女兒，所以安蒂岡妮是伊底帕斯的女兒，同時也是妹妹，是母親伊俄卡斯忒的女兒，同時也是孫女。當伊底帕斯因弒父娶母的罪行而被迫自底比斯出走時，安蒂岡妮自願陪在父親身邊，隨他四處流浪，直到伊底帕斯在科羅諾斯死去。悲劇作家索福克勒斯和歐里庇得斯都寫過以安蒂岡妮為主角的戲劇作品。

XI. 〈而那顆心已經不再回應我的聲音……〉 （頁155）

普寧是藝術評論家、理論家，出版過《日本版畫》（1915）、《安德烈·盧布略夫》（1916）、《塔特林》（1921）等多本藝術專論著作，革命前普寧是《阿波羅》雜誌的合作成員，革命後出任俄羅斯博物館和冬宮美術館

委員。普寧與阿赫瑪托娃很早就認識，感情加溫是在 1922 年，其時女方尚未與第二任丈夫席列伊科離婚，而男方也是已婚狀態，與妻子安娜（Анна Аренс-Пунина）育有一女伊琳娜，儘管普寧說要離婚，但是始終沒有與前妻辦離婚手續。普寧作為阿赫瑪托娃名義上的丈夫有 15 年的時間（1923-1938）。1926 年 11 月 16 日當阿赫瑪托娃從前夫席列伊科位在大理石宮的住處完全搬出，住進到普寧位在噴泉屋的住處，普寧便被視為是阿赫瑪托娃的第三任丈夫。普寧在噴泉屋的住處是公共公寓，普寧的母親和繼父就住在裡面，有單獨一間房，普寧的前妻安娜‧普寧娜和他的女兒伊琳娜也住在那裡，她們也都有單獨的房間；此外，公寓當中的一間房間裡還住著另一個工人家庭。阿赫瑪托娃住進噴泉屋，就等於是和普寧這一間公共公寓的所有人一起同住，而且她並沒有自己單獨的房間。普寧與阿赫瑪托娃的相處模式很複雜，兩人的關係一直持續到 1938 年完全破裂為止，但阿赫瑪托娃還是住在普寧家，只是搬到另一間房間（一直住到 1952 年）。普寧死後，阿赫瑪托娃依舊與普寧的前妻和小孩維持很好的關係。蘇聯時期普寧有兩次遭到逮捕，第一次是在 1935 年，很快就獲釋，第二次是在 1949 年，他被控有恐怖主義企圖、反革命宣傳，被處以十年勞改，流放到科米共和國東北方的因塔勞改營（Инталаг），1953 年在環境、衛生極惡劣的勞改營過世。

故土　　（頁 160）

　　「我們又磨又壓，又揉又和，捻碎弄成渣」——這句的形象源自於曼德爾施坦的〈無名戰士之詩〉（1937-38）當中的一句「阿拉伯的揉和物，捻碎的渣……」。

最後的玫瑰　　（頁 161）

　　題詞引自布羅茨基 1962 年的〈致阿赫瑪托娃〉一詩。詩人布羅茨基出身在列寧格勒的一戶猶太家庭裡，求學過程不順利，少年時想幫助家庭改善經濟而四處打工，在停屍間擔任助理解剖員、鍋爐工、燈塔水兵，沒有拿到中學畢業證書。1957 年開始參加地質考察隊，到過白海、西伯利亞、雅庫特等地，一度因沒有工作而精神崩潰，返回列寧格勒。這時候他開始大量閱讀，特別是詩歌。1959 年結識列因（Евгений Рейн, 1935-）、奈以曼（Анатолий Найман, 1936-）、烏夫梁（Владимир Уфлянд, 1937-2007）、奧庫扎瓦（Булат Окуджава, 1924-1997）、多弗拉托夫（Сергей Довлатов, 1941-1990）等青年詩人和作家。1960 年起成為蘇聯國安局監聽對象，原因之一是地下出版物（самиздат）當中的詩集叢刊《句法學》（Синтаксис）曾刊登了五首布羅茨基的詩。約 1961 年起布羅茨基被視為列寧格勒的天才詩人，他在列因的介紹之下在科馬羅沃的「哨亭」裡與阿

赫瑪托娃認識，隨後又認識了曼德爾施坦的遺孀娜杰日達，以及楚科夫斯卡雅。1950 年代末至 1960 年代初阿赫瑪托娃身邊形成一個青年詩人群體，他們是布羅茨基、包比雪夫（Дмитрий Бобышев, 1936-）、奈以曼和列因，其中奈以曼是阿赫瑪托娃在翻譯義大利詩人萊奧帕爾迪（Giacomo Leopardi, 1798-1837）作品時的共同譯者，同時他也擔任她的祕書。奈以曼在 1989 年出版的詩人傳記《關於阿赫瑪托娃的二三事》（Рассказы о Анне Ахматовой）一書成為後蘇聯時期的一件大事。1966 年阿赫瑪托娃過世後，包比雪夫把四個人叫做「阿赫瑪托娃遺孤」（ахматовские сироты）。1963 年 9 月《列寧格勒晚報》出現譴責布羅茨基的文章，抨擊的用語包括指他「寄生的生活方式」（паразитический образ жизни）、「形式主義」（формализм），以及「頹廢厭世」（упадочничество），這些用語刻意引用青年詩人們自己的詩句，如最後一個詞彙就是從布羅茨基的詩裡引用出來的。之後他遭到逮捕、受審、判刑五年的強制勞動。布羅茨基在偏遠荒涼的阿爾漢格爾斯克的國營木材工廠工作了一年半（現今那裡成立了一座布羅茨基紀念館），但他的案子在首都圈仍沸沸揚揚，甚至引發國際醜聞。1965 年蘇聯最高法院作出縮短刑期為一年半的裁決。同年 9 月布羅茨基返回列寧格勒。1972 年布羅茨基離開蘇聯，

前往美國，1987 年獲諾貝爾文學獎。

選自《黑色之歌》　　　（頁 162）

　　安列普是阿赫瑪托娃 1916 至 17 年間的親密友人，兩人由涅多布羅沃的介紹而認識。1916 年詩人送安列普上前線作戰時送給他一枚黑戒指，為此還寫了下「黑指環童話」詩組。1965 年當阿赫瑪托娃結束了在牛津大學的榮譽文學博士的獲贈行程之後，於返鄉途中在巴黎和安列普見了面，這是兩人自 1917 年安列普離開蘇聯之後的首次重逢。

　　涅多布羅沃是詩人、評論家、文藝學者，他對阿赫瑪托娃的影響力非常深遠。兩人在 1913 年認識，涅多布羅沃非常熱愛阿赫瑪托娃，肯定她的詩歌天分，阿赫瑪托娃也寫了多首詩獻給他。涅多布羅沃一篇發表於 1915 年的文章〈安娜・阿赫瑪托娃〉，被詩人認為是所有關於她作品的文章中最好的一篇，因為他預言了詩人未來的命運。涅多布羅沃患有肺結核，一年有三個月必須待在克里米亞療養，1919 年涅多布羅沃在雅爾達過世。

北方哀詩

　　詩組名。整組詩的題詞引自普希金 1825 年的無題詩〈一切都獻予你的記憶……〉的第一句。

〈之一〉　　　（頁 164）

舊魯薩，按照克萊茵涅娃的注釋，杜斯妥也夫斯基和這個古城很有淵源，城裡的聖吉奧爾吉教堂曾是作家一家人望彌撒的地方，自 1872 年至 1880 年，連續八年他都與家人都在這裡度夏和創作。晚年杜斯妥也夫斯基還在這裡購置了一棟兩層樓的別墅，是作家一生中唯一的一間房產。這裡也是小說《卡拉馬助夫兄弟》故事發生的場景，現在這裡還有一間「卡拉馬助夫兄弟博物館」。

　　奧普季納修道院，據說是一位悔改的強盜於十四世紀時所建。作家果戈里、杜斯妥也夫斯基等都曾訪問過這間修道院，至今他們住過的小屋仍保留。按照克萊茵涅娃的注釋，阿赫瑪托娃本人不能確定是否真來過這間修道院，如有來過，應該是 1920 年代，但是無法確定。

　　杜斯妥也夫斯基於 1849 年在彼得拉舍夫斯基聚會上朗讀別林斯基致果戈里的信，遭沙皇政府以「散播有害思想」的罪名而被逮捕，先判死刑，後改流放西伯利亞。作家於 1851 年抵達鄂木斯克監獄，並開始服四年苦役，這段生活後來在《死屋手記》中有詳細描寫。

　　1849 年彼得拉舍夫斯基事件的受刑人準備在謝蒙諾夫練兵場執行死刑，杜斯妥也夫斯基是其中一位。當年杜斯妥也夫斯基與其他相關受刑人從彼得保羅要塞的監獄押解出來，沿路經過鑄造廠大道、弗拉基米爾大道與城郊大道，最後抵達謝蒙諾夫練兵場。受刑人直到死刑執行前一刻才

被宣布獲得特赦，由死刑改判流放西伯利亞。謝蒙諾夫練兵場現名先鋒隊廣場。

＜之三＞　　（頁170）

　　列夫·古密略夫，科學家、東方學家、地理學家、歷史學家、民族學家、作家、翻譯家。列夫是阿赫瑪托娃與古密略夫唯一的兒子，1912 年列夫出生後就被送到皇村，由祖母親自撫養。1918 年列夫的父母離婚。1921 年父親被控反革命罪遭到槍決，在這之後祖母帶著孫子回到特維爾省的別熱茨克的老家定居。身為「反革命和異己分子階級」的兒子，列夫的求學之路格外艱辛，小學時被同學排擠，無法加入少年先鋒營或是共青團，還被剝奪領取教科書的權利，不過這些都沒能阻礙列夫強烈的求知欲。1929 年中學畢業後，列夫前去別寧格勒投靠母親，他來到噴泉屋，因沒有多餘的房間，他落腳在沒有暖氣的走廊角落，一個大木箱成為他的臥榻。1930 年參加大學入學考，因其「貴族出身」的原因而直接被拒於門外。大學之路受阻，列夫先在工廠當雜工，之後轉去地質考察隊，從 1931 年到 1967 年，他總共參加了 21 次的季節探險。1934 年列夫考進列寧格勒大學歷史系。

　　蘇聯時期，列夫總共四次被捕。第一次發生在 1933 年，他被補，但很快就被釋放。1935 年列夫和普寧一起被

逮捕，阿赫瑪托娃四處奔走，皮利尼亞克居中協調，說服巴斯特納克寫信給史達林，加上阿赫瑪托娃的信，史達林看了信，隨即將兩人釋放。1938 年 3 月列夫第三度被補，他被嚴刑逼供，要他承認從事反革命和反蘇聯的行為，阿赫瑪托娃再次寫信給史達林，但這次沒有任何效果。9 月軍事法庭判處列夫十年監禁，並褫奪公權四年。一開始他被送去建造白海運河，1939 年案件複審，刑期被改為五年，這次他被送到諾里爾斯克（Норильск）勞改營。1944 年勞改結束後他以志願軍的身分前往前線，參與東普魯士戰役和占領柏林的行動。1945 年他返回列寧格勒並復學。1946 年古密略夫大學畢業，進入科學院東方研究所（ИВАН）當研究生。然而，在 1946 年 8 月〈決議〉事件發生之後，阿赫瑪托娃被逐出作協，古密略夫也跟著被研究所除名。儘管如此，1948 年古密略夫還是通過了論文答辯。1949 年古密略夫再次被捕，並遭判勞改十年，這一次的勞改徹底毀了他的健康。1956 年他重獲自由，並返回列寧格勒。列夫曾表示，他前三次被捕是因為父親的緣故，後一次則是因為母親。講到母子關係，列夫與母親的關係是緊張的，特別是在 1949 年至 1956 年勞改期間，衰弱的健康、強制勞動、閱讀和研究、獄卒的閒言閒語等等，身心負擔格外沉重。列夫對母親多所埋怨，抱怨她對他不夠關心，寄來的東西不夠多，要她找的書籍沒有用心找，大

大小小的芥蒂累積在心裡沒有獲得撫平。刑期結束後母子倆的關係依舊冷淡，到後來形同陌路。1966 年阿赫瑪托娃過世，下葬在科馬羅沃墓園，整個後事的安排和處理雖是由列夫主持，但他的態度冷淡，也不准攝影。葬禮之後他放棄母親文學遺產的繼承權。

列夫始終持續撰寫論文和研究，學術遺產共二百篇論文和十二本專著。1950 至 1960 年代古密略夫從事哈扎爾考古、匈奴史、突厥史的研究。自 1960 年代起他開始發展自己的民族激情理論（пассионарии），試圖以此解釋歷史進程的規律，另外他傾向歐亞主義，他的論點引起民族學、歷史學界的極大爭議。

〈之六〉 　　（頁 175）

題詞引自普希金 1827 年的詩〈在一處和平、憂傷、一望無際的草原〉，於 1960 年代才被放進詩中，在這之前詩人曾引用艾略特（T. S. Eliot, 1888-1965）的一句詩「我的未來是我的過去」當作題詞，但之後詩人又將這一句移到《沒有主角的敘事詩》中（但最後這句題詞又被另一句「我的開始就是結束」所取代）。普希金的這首詩有另一個名稱〈三泉〉，詩中的三處泉水為青春之泉、卡斯塔利亞泉和遺忘冷泉。

〈之七〉 　　（頁 177）

這首哀詩是整個詩組當中的最後一首，也是一首未完成的詩，內容由阿赫瑪托娃從自己的手稿和零散的紙條中組成。這首詩另有名稱叫「審判前的最後之言」和「關於沉默」。

譯後記

　　《時間的奔馳》的翻譯花費了我相當長的一段時間，然而這一切都出於自發的意念。最初是因為研究阿赫瑪托娃，我將她的詩當作材料閱讀，但是讀著讀著，那詩歌自己就發出了聲音說：「翻我！翻我！」於是我聽從那聲音的指示就開始翻譯，翻著翻著，耳朵裡卻一直聽到中文字發出窸窸窣窣的聲音，每個字又叫又跳、爭先恐後地說：「選我！選我！」而我只能拍拍他們的頭，安撫一下情緒，不動聲色地繼續為選字而傷腦筋。就這樣，我把阿赫瑪托娃在《時間的奔馳》裡的詩一首又一首地翻了出來，期間還經歷了新冠疫情的肆虐。

　　我提到這個緣由是想要說，翻譯外文詩的時候首先想到的其實並非什麼信雅達的問題，也不是韻腳，更不是格律，我首先想的是，為什麼阿赫瑪托娃要說「我逐浪漫遊，也藏身深林，我在純淨的琺瑯上忽顯忽沒」這樣的話？這裡不單是兩種語言轉譯的問題，還有字面下潛文本的問題，而處理潛文本一事應該遠遠超過目前機器語言翻譯的能力範圍吧，光就這一點來說，翻譯詩歌也讓我很有成就感。

　　但是其實詩卻又絕對不光是「在說什麼」，《時間的

奔馳》之所以吸引我，多樣化的詩律絕對是其中一個原因。在「技藝的祕密」詩組裡阿赫瑪托娃一開始就以〈創作〉展示傳統俄文詩歌五音步抑揚格詩律的魅力，那一個跟著一個出現的音節，抑揚—抑抑—抑揚—抑抑—抑揚—抑，雄渾有力，十六行詩不分詩節一口氣傾洩而出，所向披靡，龐大恢宏的氣魄讓人恍然間忘了她不就是那個喜歡傷春悲秋、哀嘆愛情不仁的「女詩人」嗎？不，阿赫瑪托娃從一開始就自稱是「詩人」。時間在阿赫瑪托娃身上確實留下難以磨滅的痕跡，但卻是正面的、讓人喜愛的印痕，塔爾圖符號學派研究者加斯帕羅夫（Гаспаров М. Л., 1935-2005）也說，從阿赫瑪托娃詩律習慣的變化可以清楚看出她創作上前中後期變化的脈絡。儘管閱讀俄文詩是愉快的，但譯詩終究不輕鬆，俄文詩的音步、輕重音節等格律特點在中譯上難以傳達，我只能在韻腳上努力，但是押韻的原則是必須在不扭曲詩作原意的情況下進行，絕不勉強。

許多年前我曾翻譯過阿赫瑪托娃的詩歌，那是一本早期的詩選集，是習作。而這次我選擇翻譯她的最後一部，即第七本詩集《時間的奔馳》，一本嚴格說來不存在的詩集，因為這本詩集從未真正單獨出版過。如布羅茨基所說，阿赫瑪托娃在一九二二年出版的第五本詩集「《西元一九二一年》在技術上來說，是她最後一本詩集」，這是因為「在接下來的四十年中，她沒有出版過自己的著作。

在戰後時期，從技術上說，曾有過兩本她的薄詩集……這兩本絕對不能稱為她自己的，因為詩都是由國家出版社的編輯挑選的，目的是為了使大眾（尤其是外國大眾）相信阿赫瑪托娃仍活著……」這段話的重點是詩人對「自己詩集」的認定，而《時間的奔馳》就是阿赫瑪托娃認定的「第七本詩集」，裡面埋藏了詩人晚期所有要講的話，若想要知道時間是如何影響了詩人，或者反之，阿赫瑪托娃是如何記錄了時間，那麼《時間的奔馳》的單行本有其必要性。

二〇一三年我前往彼得堡進行移地研究，先到噴泉屋的阿赫瑪托娃紀念館拜訪了館長波波娃女士，又在她的指點之下來到俄羅斯國家圖書館，約見了手稿檔案部的克萊茵涅娃女士，而她正於此時連續出版了《阿赫瑪托娃作品小全集》，還有第一版的《時間的奔馳》，而這兩本書與其他蜂擁出版的《阿赫瑪托娃作品集》的差異就在於對《時間的奔馳》這一部分的安排。克萊茵涅娃女士掌握了文獻資料，這使得由她主編的《阿赫瑪托娃作品小全集》顯得有說服力，這也是我採用她的版本的最主要原因。

阿赫瑪托娃早期的詩像是長篇小說的重新編碼，詩中的女主角不管是虛構或是具體人物，她們在愛與背叛之間的糾葛和掙扎看得令人揪心，閱讀她的詩就像在看一本二十世紀初很俄國，但也很歐洲的小說；中期的阿赫瑪托娃則以《安魂曲》作為標記，詩中女主角變成了妻子和母

親，與史達林時期遭整肅的受難者家屬站在一起，還組成了合唱隊，詩裡響著格別烏（KGB）人員的長筒靴踩踏在受難者身上的聲音，也響著黑色廂型車「瑪露霞」（別稱多麼可愛！）準備逮人的停車熄火聲；到了晚期，阿赫瑪托娃的詩變得既具體又抽象，她依然歌頌愛情，像在「薔薇花開」、「Cinque」和「午夜之詩」裡所述，但那愛情卻變作了聲音，聲音飛翔在空氣中，而空氣裡聞得到花香；她陳述作詩的技藝，像在「技藝的祕密」裡那樣，可那技藝卻化作一支樂曲、牆壁上的一圈霉點，還有籬笆外的蒲公英；她在說回憶，回憶卻變成了影子，越變越巨大，也變得越難以捉摸。

　　布羅茨基說的沒錯，「阿赫瑪托娃詩中的愛情主題一再重現，不是源自實際的糾葛，而是源自有限對無限的鄉愁。對她來說，愛情實際上變成了一種語言，一種密碼，一種用來記錄時間的信息或者至少用來傳達時間信息的音調……」對於阿赫瑪托娃，愛情確實是語言和密碼，她用此來記錄時間，愛情也是聲音和符號，她探索愛情如探索語言，就像音樂家將愛情和感受轉化爲音符樂曲，亦如畫家用線條顏色訴說愛情，而要了解這點，必須閱讀她的詩。

熊宗慧

二〇二二年一月二十七日

索引

俄文詩題中譯索引

原文名詞中譯索引

誌謝

感謝阿赫瑪托娃噴泉屋故居博物館創始人與第一任館長波波娃女士允許在館內拍攝詩人手稿並提供協助。

感謝聖彼得堡國立圖書館手稿檔案部高級研究員克萊茵涅娃女士允許拍攝詩人手稿並提供資料。

感謝台灣大學外文系副教授索奧加女士在翻譯釋疑上的幫助。

Выражаю огромную благодарность за оказанную мне помощь в переводе стихотворения А. Ахматовой «Бег времени» Нине Ивановне Поповой, создателю Музея Ахматовой в Фонтанном доме и его первому директору; Наталии Ивановне Крайневой, старшему научному сотруднику Отдела рукописей РНБ и Ольге Павловне Сологуб, профессору Национального Тайваньского университета.